向迅的散文深情凝练，内敛克制，逐渐形成了深具辨识度的写作风格。那是与土地、与乡村在一起的写作，别有追求，别有气质。某种意义上，这位异军突起的新锐作家已经开始在散文写作领域构建一个新的自己。

文学评论家　张莉

声音博物馆

向迅——著

济南出版社

图书在版编目（CIP）数据

声音博物馆 / 向迅著. -- 济南：济南出版社，2024.1
（文学新势力. 第二辑）
ISBN 978-7-5488-6129-4

Ⅰ. ①声… Ⅱ. ①向… Ⅲ. ①散文集—中国—当代 Ⅳ. ①I267

中国国家版本馆 CIP 数据核字 (2024) 第 041762 号

声音博物馆
SHENGYIN BOWUGUAN
向迅 著

出 版 人	谢金岭
责任编辑	姜天一
装帧设计	焦萍萍　刘梦诗

出版发行	济南出版社
地　　址	山东省济南市二环南路 1 号（250002）
总 编 室	0531-86131715
印　　刷	济南新先锋彩印有限公司
版　　次	2024 年 1 月第 1 版
印　　次	2024 年 3 月第 1 次印刷
开　　本	145mm×210mm　32 开
印　　张	7.5
字　　数	161 千字
书　　号	ISBN 978-7-5488-6129-4
定　　价	36.80 元

如有印装质量问题 请与出版社出版部联系调换
电话：0531-86131736

版权所有 盗版必究

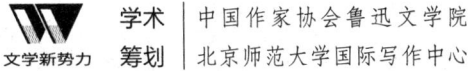

编委会

顾　　问　莫　言　吉狄马加　吴义勤
文学导师　余　华　苏　童　欧阳江河　西　川
主　　编　邱华栋　张清华　徐　可
编　　委　王立军　周云磊　李东华　周长超
　　　　　刘　勇　张　柠　张　莉　沈庆利
　　　　　梁振华　张国龙　翟文铖　张晓琴

总　序

张清华　邱华栋

2012年10月，莫言荣膺诺贝尔文学奖，再度激发了国人的文学激情，也唤醒了高校在文学教育方面的旧梦，其中就包括北京师范大学。因为一段至关重要的学缘，莫言曾于1991年获得了北师大授予的文学硕士学位，而此刻，作为母校的师大自然倍感荣耀，遂立刻决定成立北京师范大学国际写作中心，并邀请莫言前来担任主任。中心成立之初，其核心职能——文学教育和创作人才的培养便被提上了议事日程。

需要稍加追溯前缘，才能说明这套文丛的来历。1988年，由当时在研究生院任职的童庆炳教授牵头，由北京师范大学提供学制条件，牵手中国作家协会直属的鲁迅文学院，共同招收了首届作家研究生班学员。那时的学位制度还相对处于比较早期的阶段，各种规章还没有现在这样严苛和完善，所以运作相对容易，招生考试环节也相对宽松。由此，一批在文坛已崭露头角的青年作家，便被不拘一格，悉数收罗。之前，他们中的很多人——除刘震云作为北京大学中文系77级的本科毕业生外——并未受过太正规的教育,他几乎是唯一一个出自正宗名门。余华只是在浙江海盐上过中学;莫言之前虽有两年解放军艺术学院文学系的学习经历,但更早先却是连中学教育未受完整;严歌苓、迟子建等差不多都只是受过中等专业教育。其他人我们未做过严格的统计,但可以肯定,其中大多数未曾上过大学。然而不容置疑的是,这些人是那时中国文学最具希望的一批,是青年作家中的翘楚,是未来文坛的半壁江山。从这里出发,二十年过后,他们的确未负众望,为中国文学争得了至高荣誉,也几乎成为一代作家的代言人。

很显然,这成为北师大和鲁迅文学院一个共同的记忆,一笔不可多得的财富,无论从哪个角度看,他们都是两所学校引以为豪的历史。在这样一个背景下,重拾昔日文学教育的前缘,找回这一无双的荣耀,也就是很自然的事情了。

因了以上的缘由,2016年,北师大校方经过认真研究,参考过去的合作模式,从全校不多的单招单考的硕士名额中拿出了20个,交由文学院和国际写作中心,来寻求与鲁迅文学院合作,并在中国作家协会的大力支持下,于2017年秋季正式招收了"非全日制"学术型文学创作硕士研究生。为了省却过于烦琐的学科规制,我们在"中国现当代文学"专业的二级学科下,设立了"文学创作方向",并采用了"学术导师"加"创作导师"联合授课的培养模式,以给学员创造更为合适和充分的学习条件。鲁迅文学院则为他们提供居住和学习的物质条件,以及日常的管理,并拟在培养方案中结合鲁院的讲座制培养模式,两相结合,尽显特色互补的优势。

　　同时还必须指出，有几位至关重要的人物支持了这项事业：时任北师大的校领导，特别是董奇校长，对推助写作中心的文学教育工作给予了大力支持，在制定相关体制机制方面也给予了诸多指导。晚年在病中的童庆炳教授，多次勉励我们，要传承好过去的经验，大胆探索，争取把工作尽早落到实处。中国作家协会，作协党组，特别是铁凝主席，也给予了热诚关怀，时任书记处书记、分管鲁迅文学院工作的吉狄马加同志，则在工作中给予了非常具体的关心和指导。

　　参与该项工作，制定合作规划、培养方案、课程体系，以及日常服务管理等诸项事务的，便是本文的两位作者：时任鲁迅文学院常务副院长的邱华栋和北师大文学院负责研究生教育的副院长兼国际写作中心执行主任张清华。整个过程中，要想实现两个职能完全不同的单位之间的密切合作，在所有培养工作的环节上都无缝对接，是一个至为琐细的工作，难以尽述。好在这不是一个"工作汇报"，我们在此也就从略了。主要想说明的是，两校之间目前的合作进行得非常顺利，一切都在愿景之中。

　　迄今为止，该方向的研究生已经招收了三届，共56人。从总体情况看，达到了预期的要求。在学员中，有鲁迅文学奖获得者乔叶、鲁敏，有多位全国少数民族文学奖获得者，有"70后""80后"广有影响的青年作家，像东紫、杨遥、朱山坡、林森、马笑泉、高满航、闫文盛、曹谁、曾剑、王小王，等等，他们在文学创作上都已经有了相当出众的成绩，或是十分丰富的经验，然而他们共同的诉求，又都是对"充电"的渴望，有成为大家的梦想，所以因了冥冥中某种命运的感召，汇聚到了一起。

关于文学教育，历来也是分歧明显众说不一的。有人坚称"大学不培养作家"，这话在一定程度上是对的。大学的使命很多，成败的确不在乎是否出产了一两个作家。但这话的"潜台词"值得商榷——其意思是有偏见的或轻蔑的，是说"你培养不了作家"，"作家不是谁都能培养出来的"。这当然也对，没有哪个大学敢说自己"培养"了几个作家，而只能说，他们那儿"走出了"哪些作家和诗人。但这么说是否意味着文学教育的无必要呢？似乎也不能。因为按照上述逻辑，我们也可以反问，大学不能培养作家，难道就可以"培养"经济学家、政治家、科学家和法学家吗？谁又敢说他们"培养"了那些伟大和杰出的人物呢？

很显然，各行各业的杰出人才，都是很难通过"订制"来培养的。但从另一方面说，大学又必须为人才提供成长和受教育的条件，从这个角度看，宣称大学"不培养作家"又是不负责任的。回顾当代文学的历史，文学的变革和作家的成长，与大学教育的恢复和发展密切相关。"文革"及"文革"前大学教育的草创和荒芜时期，也出现过许多作家，但他们要么是从战争年代的洗礼中锻炼出来的，要么是在长期的自学中成长起来的。因为没有条件受到良好的教育，他们的文学道路多舛，艺术成长和成就也都受到了限制，这是人所共知的常识。正是"文革"后教育的全面恢复与发展，才使得文学事业出现了人才辈出蓬勃兴旺的局面。

所以，正确的理解应该是，作家是无法培养的，但文学教育是必需的。当然，文学教育对于高校而言，其目标确乎主要不是"培养作家"，而是为所有学生提供一个素质养成的环境条件，这才是成立国际写作中心、引进著名作家执教的核心意义所在。换句话说,能不能出产一两个作家或许不是最重要的,其培养的人才是否具备写作的能力,能否成为文学的内行才是重要的。传统的文学教育虽然有各种各样的问题,但是所培养的读书人大都是既能够研究,又可以写作的双料人才。新文学的早期,大学的文学教授也多是学者和作家两种身份集于一身的,之后才逐渐文脉不彰,大师不存,大学教育渐趋沦为了工具化和技术化的知识教育。

但无论如何,北师大与鲁院联办班的这一培养模式,其目标还是直接而干脆的,就是"培养作家"。当然,这培养不是从"育种"开始的,而是"选苗"和"移栽"的过程,甚至有的就属于"摘果子"。即便是后者也不是无意义的,当年莫言、余华、刘震云、迟子建等人,早在进来之前就是声名鹊起的青年作家了,录取他们无疑也是"摘果子",但系统的阅读与学习,大学综合环境下的熏陶成长,谁敢说对于他们后来的写作没有助益?所以,我们坚信这一工作是有意义的。

最后再来说说这批作为"文学新势力"的新人。显然,他们大多属于"80后"至"90后"的一代,较之他们的前辈,这批新人的主要差异在于代际经验的不同。前代作家的成长期大都经历过历史的大波大澜,童年也大都有原初和完整的乡村生活经验,所以某种程度上还是受到"总体性经验"支配和支持的一代作家。莫言笔下的"高密东北乡",可以说寄寓了他对于农业社会生存的全部感受和想象,也寄寓了他对于现当代中国历史巨变的全部记忆与理解,读之如读一部血火相生、正邪相伴、生死轮替、魔道互换的史诗。这种具有总体性和原生性的经验与美学，在下一代作家这里早已变得不可能，他们都命定地处在某种"晚生"和"后辈"的自我想象之中，不得不在碎片化、个体化的历史经验与记忆中探索前行。

这些都并非新鲜的话题，只是重复了前人既成的说法。但这也是所谓"新势力"的根基与合法条件，"新"在哪里，又何以成为"势力"，这是需要我们想清楚的。在我们看来，所谓"新势力"其实就是指：一是有新的文化特质的，他们在文化上所拥有的"新人"特色或许很难用一两句话说清，但一定是更具有个性、自主性和独立思考的一代，是拥有新知和新的经验方式的一代，是用新的思维与视角看待人生与世界的一代，是在网络信息时代生存和写作的一代；二是有新的美学属性的，这些属性自然更难以总体性的概括来描述，但毫无疑问他们是具有陌生感的一族，是难以用传统范型所涵盖和统摄的一族，是游走和不确定的一族，是空间化和个体性得以充分彰显的一族，当然，也是相对琐屑和相对真实，相对平和和相对日常性的一族。有时我们觉得是这样满足，但有时我们又会觉得，他们离着理想的文学，离所谓普世的"世界文学"的距离越来越近了。

旁观者说一千句，不及读者自己去观照、去体味其中的丰富和微妙。"总体性"之不存，我们的概括也自然显得苍白无力，不如读者们自己去一一打量和细细辨识。

看，这就是"文学新势力"，他们来了。

"文学新势力"第二辑
出版说明

"文学新势力"第一辑于2020年初出版之后，引发了各界非常强烈的反响，也激发了文学创作专业的学子们更加高涨的创作热情。不只非全日制的"鲁院班"——北师大与鲁迅文学院合作招收的文学创作研究生班的同学，连全日制和其他专业的学生也纷纷发来他们的作品，希望能够加入这套文丛的后续出版。基于此，我们在当年，也就是2020年的下半年，又遴选了近二十部作品，经过专家与编辑的几轮精选，最终确定了第二辑的这十二部作品。但因为疫情等因素的影响，该辑的出版工作也一再延宕。现在终于面世，标志着我们的文学教育又有了新成果。

需要说明的是，本辑作品的构成，在文类上实现了多样性的变化。第一辑完全由中短篇小说集构成，而这一辑中，则有了超侠的科幻小说集、舒辉波的儿童文学作品集，有了闫文盛、向迅、曹谁等人的散文随笔集，同时也不再仅限于"鲁院班"学员，增加了毕业于全日制文学创作班的新锐青年作家，如目前工作于鲁迅文学院的崔君的小说集。从文类上说，该辑作品除了诗歌缺位以外，确乎显得丰富了许多。

另外，还须在此特别说明的是，截至该文丛出版之时，北师大与鲁迅文学院合作招收研究生的工作又延展了四年，至2023年，已招收了七届学员。负责鲁迅文学院工作的领导，也调整为吴义勤书记和徐可常务副院长；北师大文学院的领导以及研究生培养工作的负责人也发生了变更，所以本辑的编委会也做了相应的调整。

特别鸣谢中国作家协会张宏森书记，以及李敬泽、吴义勤副主席等领导的大力支持，也感谢北师大校领导以及文学院的大力支持；特别鸣谢济南出版社领导的鼎力托举。各方力量的凝结汇聚，才共同促成了此番盛举，为新一代青年学子和青年作家的成长营造了更好的环境。

2023年12月

自 序

向 迅

在写作这件事上,我是一个怀疑主义者。

二十年来,我的写作状态一直起伏不定。一段时间对写作怀抱巨大的热情,把那些本应该用来陪伴家人的夜晚和假期,大都花费在了写作上。这样的状态确实能起到立竿见影的效果,至少是每年都有若干新作问世。但总是持续不了多久,激情便在一夜之间消退,就像海水退回了大海,沙子返回了沙漠。

确实如此,每隔上一段时间,我便会怀疑写作的意义,并对写作这件与自我进行艰苦搏斗的工作滋生厌倦,乃至抵触心理——但凡坐到书桌前,独对电脑,就想做点其他的什么事:起身到书橱前找一本书,泡一壶茶,望一眼养在阳台上的花,修剪指甲,或者到餐桌上找点水果或点心——有一天,偶然瞧见某位大作家在访谈中也谈及类似的经历,只不过忘了是博尔赫斯,还是马尔克斯。

这是坐立难安的时刻,也是拷问灵魂的时刻。我们写下的那些文字,对于这个时代,这个社会,甚至只是对于我们自身而言,真的具有或存在什么意义吗?穷其一生的努力,也创作不出《战争与和平》《罪与罚》《百年孤独》《修道院纪事》《哈扎尔辞典》《德语课》这样的作品,又何必浪费时间?既然有如此众多的经典存世,我们单纯地作为一个读者,是不是比写作更快乐?

此二种难以兼容的状态,在这二十年间交替出现——三十岁以前对于时间没有什么概念,每日里烹羊宰牛且为乐,会须一饮三百杯,挥霍无度。三十岁之后,始觉时间流逝的速度,如同白驹过隙,逝者如斯夫,惊心动魄。如今不惑之年呼啸而来,仓皇之中蓦然回首,世事如苍狗,美人迟暮,英雄末路,百感交集。

回顾这二十年的写作,真是羞愧难当。父亲在世时,每年除夕,都会和母亲围着炉火盘点过去一年的收获。尽管不如意之事年年都有,但总有一些叫全家人都开心的事情。而在这过去的七千多个日日夜夜里,作为另外一种意义上的农夫,我都收获了什么?

这个纯属老天爷赏饭吃的行当,流传着一句行话:不悔少作。此四字,掷地有声,我是不敢说的。不记得是哪一年,我曾像毁灭证据一样,把大量羞于示人的少作"付之一炬"——在电脑硬盘里永久性删除。动机在于,我难以相信,那些叫人脸红的文字,竟出自我之手。

那么,在幸存下来的那些文字中,究竟有多少是我自己满意的?每次想到那个令人沮丧的"满意比",就想金盆洗手,就想悬崖勒马,回头是岸啊。做点什么不好,非跟自己过不去,跟老婆孩子热炕头过不去,跟假期过不去呢?

可很难做到。尽管自《与父亲书》出版后,我几乎没有写一篇像样的文字——好像这本尚未完成的书已耗尽我写作的全部激情,但写作的冲动,仍时不时地像即将破土而出的嫩芽一样,在心底隐秘地升起。

我甚至在备忘录里,记下了不少文章的标题和写作素材。这些被记录在案的标题和素材,也时不时地像自河面升腾起来的烟雾,在梦境中生成的人物形象一样,盘旋在我的脑海。"总有一天,我要把你们一篇篇写出来。"我对它们,也是对自己信誓旦旦地说。但至今没写出一篇。

有时,我怀疑自己是不是丧失了最基本的写作能力——把所思所想所见所闻,用文字准确而又传神地表达出来;有时,我又替自己开脱,这大约都是不惑之年将至,我不想再像过去那样浪费素材了,要做到写一篇是一篇。

我并不否认,我对文字持有严苛的要求,甚至患有强迫症;我也不打算否认,最近几年,我对写作的认识,与过去有了霄壤之别——过去的语言,腔调与风格,我都将悉数弃之。我想革自己的命。我想创造和发明一个全新的自己。

而一切改变,始自语言。

我想,我只是在等待一个契机。就像半个多世纪以前,马尔克斯写作《百年孤独》时,等待了二十多年的那个调子。那个从天而降的,灵光乍现的,让故事自己娓娓道来的调子。我知道,当那个契机降临,当我重拾激情为思想赋形,新一轮的怀疑必将到来。如此周而复始。

我过于乐观地认为：这或许是螺旋式上升的表现。如果是，那么收入这个集子的文字，便是螺旋的一部分——它们属于过去，属于过去幸存下来的那一部分。它们是我过去二十年间，作为一个劳动者的劳动所得。但需说明的是，这不是一个选集。因版面所限，最近四五年所写下的文字，只收入了寥寥几篇。

我不敢妄称它们是珍珠，但它们曾经确实被我喜欢和珍视。

但愿也有人喜欢、珍视它们。

2023 年 4 月 12 日午夜

目 录

大　树　　　　1

镜　子　　　　9

南方故事集　　25

动物故事集　　47

弧形绳索　　　57

声音博物馆　　73

谁还能给你一个故乡　85

寂静的时刻　　97

姓李的树　　　107

虚构之夜　　　117

大地笔记　124

大地的语言　134

父与子　138

乡村安魂曲　143

消逝的原野　166

雕刻时间的人　174

漫长的等待　180

下落不明的羊　186

八月边城　192

峨边纪事　197

瓯海踪迹　202

尽是他乡之客　209

石头的意义　218

大　树

一

　　一连好几天,他都梦见了同一株树。一株需要数人合抱的大树,像泰山一样稳稳地压在地平线上,叫人想起人类祖父的形象。但即便是梦中,他也清楚,那不是一株真实的树,而是抽象的树,艺术化的树。虬曲苍劲的树干上,布满大江大河一样的沟壑;葳蕤的枝叶间,缀满金灿灿的星星。

　　醒来,他以为是日有所读,夜有所梦。那段日子,他恰好在研读一位前辈非驴非马的文章,而那位前辈又恰好写到两株不同凡响的树:巴黎银匠纪尧姆·布谢在蒙古大汗的宫廷中制造的具有神奇魔力的树;以"大明遗民"自居的项圣谟在《大树风号图》中画下的大树。但某一瞬间,有一幅画像一尾闪烁着银光的鱼,倏然跃出他的脑海。

　　他猛拍大腿:在现实生活中,我是实实在在见过这株大树的。

　　那是在哪儿?河南新郑,宁夏固原,还是四川峨边?不,不,都不是,那是在山东日照,在莒州博物馆。他怎能忘记,七月的一天,他和一伙人窜头窜脑地迈进博物馆的大门,顿时便被一种浑厚的气象和阔达的气息给镇住、吸引住了。那气象和气息,不是来自博物馆朴拙厚重的设计风格,也不是来自博物馆曲径通幽的空间感,而是来自大厅一幅巨大的紫铜浮雕壁画。

这是一幅你不可能回避,也不可能忽视的壁画。它就那样矗立在你面前,令你喟叹,令你沉思,令你驻足徘徊。画里有古老的图腾,有古代的人物,有古老的传说,有史实。对于历史悠久的莒县乃至日照而言,这幅壁画就像一部典籍中总领全纲、"以驭群篇"的序志,一幅可以按图索骥的历史文化地图。

那株大树呢?当然在。制作壁画的艺术家把它放在了最关键的位置——整幅壁画的根部或者说主干部分。从他站着的角度望过去,好像整幅壁画的重心都落在了这株大树上,也好像整幅画的内容,都是从这株大树上生长出来的。不可想象,如果没有这株大树,这幅壁画还能不能撑起来——它会不会轰然坍塌?由此可见,制作壁画的艺术家,是偏爱这株大树的。

但他明白,制作这样的一幅壁画,艺术家布局与用意时绝不能意气用事抑或随意为之,而是根植于可信的历史,根植于不可能伪造的现实,根植于艺术的真实。这毕竟是一座博物馆啊。历史和文化,才是它最主要的展品。想象力即便无法无天,也是附着在展品之上的。

那是一株根系庞杂错综、羽盖葳蕤如云的大树。圆形果实像宝石一样,镶嵌于扇形叶子间。用不着多加揣测,只看了一眼,他就知道,那是一株银杏。

二

七月,他乘坐高铁如同骑着一匹快马,从南京一骑绝尘,一路北上,是为了逃离南方令人窒息的火焰,更是为了寻找刘勰的踪迹。不是别的哪个阿猫阿狗,正是那个写出了《文心雕龙》的南朝人。语焉不详的《梁书·刘勰传》里,说他是"东莞莒人"。此东莞非彼东莞。建安初,北魏设置东莞郡,治于今山东莒县。

不承想,最先与他打照面,并给他留下深刻印象的,便是那株与人类的祖父形象颇为类似的银杏。这时间上的先后顺序,更像是某种隐喻。因在那幅壁画上,银杏树的树冠尚能拂及的右侧,是一间石室的截面,上书"校经楼"三字。楼里,一个高束发冠、面目沉静、手持狼毫的学者,正昂然坐立于案前。那便是刘勰。

更没想到的是,莒州博物馆里设有"刘勰纪念馆",而刘勰就端坐在纪念馆的入口处。是的,他衣冠整洁地端坐在那儿,左手握卷,右手持笔,正沉思着书写什么,眉宇间是一股沉毅笃定之气。他把他们这些人当成空气。这个生活于一千五百多年前的人,恐怕早就忘记了自己的模样,但这并不妨碍后人根据自己对一个古代知识分子及其精气神的理解和想象,为他造一尊栩栩如生的铜像。

某种意义上,为刘勰造像的艺术家是重新创造了一个人。而他们理解和想象刘勰最可靠的凭据,不是他的生平事迹,不是与他有关的逸闻,而是那本他历时数年才得以完成的《文心雕龙》。以文度人,可能比迟早会褪色的相片或画像更可靠。

他站定在纪念馆门口,盯着刘勰的胡子看,思想却在跑马。

好几年前的一个冬日,他把自己装在用大衣衣领折叠而成的套子里,冒着风雪去上班,竟奇迹般地在借以谋生的那个大院里偶遇了许多古代"明星":祖冲之、沈括、李煜、陶弘景、吴敬梓、冯梦龙、曹雪芹、吴承恩、顾恺之、张旭、米芾、文徵明、柳如是、李香君……他们戴着白色围脖,披着白色斗篷,神色各异地或站或卧于路肩。

——望着这些穿越时空而来的人,他恍然若梦,竟不敢踩脚下的积雪。他担心雪飞魄散,好像他们是这场雪带来的。一打听,原来是当地雕塑家协会周末在大院里举办了一场江苏古代文化艺术名人雕塑展。昨夜大雪,恰好给他们添了雪白的新袄或新斗篷。而作为南京历史上有名的知识分子之一,刘勰的雕像一定会立在这一年的风雪里。他们一定对视过。

他自然也对刘勰充满了想象。

在他眼里,能够写出《文心雕龙》这等巨著的人,应该是一个神一般的男子。实际上呢,刘勰幼年丧父,家世寒微,继之又遭母丧,不得已投靠钟山定林寺,"依沙门僧祐",终生未娶;待潜心完成《文心雕龙》,却"未为时流所称",不得已假扮书商,拦住文坛领袖沈约的座驾,毛遂自荐。好在沈约识货,不然此番递"投名状",也是枉费工夫。由于沈约"大重之",《文心雕龙》的命运自此改变,刘勰也得以离寺出仕。只是这一年,刘勰已经三十七岁了。此后,他虽然也出任过东宫通事舍人、步兵校尉等职,但最后又奉敕入定林寺撰经。作为一个怀抱"纬军国""任栋梁"鸿鹄之志的人,刘勰的政治抱负未能实现。

可以说，刘勰的一生过得并不如意。一个满腹经纶的知识分子，假扮书商在熙熙攘攘的大街上拦下贵人座驾，递出"投名状"，是需要多大的勇气啊。而且从这个意义上说，那本《文心雕龙》，也就像是他抱在怀里的敲门砖。仕途之门被敲开了，而且有了一番作为，最终却又奉敕回到原点。这是刘勰不得不面对的命运。但深有意味的是，我们最终记住刘勰，不是他曾被帝王家器重，也不是他任县令时留下的"清绩"，而是他得以进入仕途的那块敲门砖——《文心雕龙》。这种戏剧性，在中国古代大多数知识分子身上都有体现。

但他想，刘勰也的确堪称神一般的男子。三十七岁之后才离寺出仕，这个年纪对于那些出身名门望族的公子哥来说，确实是比较晚了。可在此之前，他已完成《文心雕龙》这本文学批评巨著的写作，这就叫同时代人和后世学者难以望其项背了。要知道，刘勰写作《文心雕龙》时，唯《毛诗序》《典论》等极少的学术著作具有参考价值，而且他也不曾攻读一个中国古代文学博士学位。可无论是在体例上，还是写作方法上，这本"首揭文体之尊"的文学批评著作，都具有开创之功。更重要的是，刘勰在这本著作里创建了一套严密的文艺理论体系。这套创建于一千五百多年前的文艺理论体系，以今人的眼光来看，依然具有很强的现代性。

在中国文学史上，《文心雕龙》无疑是当之无愧的一株大树。第一等的大树。任你前边后边左边右边的树怎么疯长，都不可能压住它的光芒。

——他这么想的时候，日照的朋友正指着墙壁上的一张照片，对他们说："我们现在就去看这株银杏。"没错，照片上是一株巨大的银杏，真实的银杏。金片似的叶子，在灯光的照耀下熠熠生辉。

这株银杏生长在城西20里处的浮来山，生长在定林寺的院子里。而"校经楼"，就在定林寺。不消说，它便是那株在壁画中起支撑作用的银杏的原型了。

三

果真是一株大树。尚未踏进定林寺的山门，他就看见了那株大树。满树绿色的云朵，那是它铺天盖地的枝叶。如果不知情，难免以为那是一窝繁茂的树丛。他其实是见过不少大树的，在岳麓书院的庭院里，在正定寺的大殿前，在云南的哀牢山中，在四川的大渡河边，在遥远的伊瓜苏植物园，但他从未见过这么大的银杏树。

不愧是天下第一银杏。浓密的树荫里立着几块石碑，其中一块题刻着清代顺治年间莒州太守陈全国的诗文。太守这样介绍："浮来山银杏树一株，相传鲁公莒子会盟处，盖至今三千余年。树叶扶苏，繁荫数亩，自干至枝并无枯朽，可谓奇观。"太守合理地推断了银杏树的年龄，也提到了它作为历史见证者的身份。

"九月辛卯公及莒人盟于浮来"，是春秋时的一件大事。鲁莒会盟之后，两国及周边国家一直维持着相对稳定的关系，莒国的地位也得到显著提升。正因为如此，邻国的贵族乃至国君，往往把莒国当成理想的避难之所。小白、谭子、庆父等春秋时期不可等闲视之的历史人物，就曾先后从自己的国家出奔莒国。

这是一株见证过很长一段历史的大树。历史的风雨,自其枝叶间哗哗落下,而它仍旧"我自岿然不动"。看着眼前的这株大树,看着挂在大树枝头的累累果实,他不禁想到那位前辈在文章里描写项圣谟大树的话:"那是劫火之后依然矗立的、再无可疑之后的大树。天地茫茫,唯这树在、人在。你说不清那是什么,但是你知道,那必是最后的信,是天地之大信。"

是的,这株大树,也是最后的信,是天地之大信。这样的大树,叫人见贤思齐,叫人想起齐鲁之地的孔子,想起历史上那些泽被后世的文化巨人。

绕过这株大信之树,来到定林寺中院,沿着藤蔓如虬龙般朴拙粗大而又茂密葱茏的紫藤花架往前走,抬头便看到了"校经楼",一幢两层高的明清砖石建筑。据说这是刘勰晚年遁迹校经藏书之处。"校经楼"三字为郭沫若先生1962年为纪念《文心雕龙》成书1460年题写。或许也正因为如此,定林寺的山门上才挂着一块"刘勰故居"的牌子。但他对故居之说心存疑惑。

根据《梁书·刘勰传》记载,刘勰奉敕再入定林寺撰经十余年后,"未期而卒"。此定林寺一定是位于南京钟山的定林寺。刘勰是何时跑到浮来山的?他记得,他在刘勰纪念馆,见过这样一段介绍文字:"晚年在山东莒县浮来山创建(北)定林寺"。而北定林寺,始建于东晋,何来刘勰创建之说?

这真是一桩难以裁决的历史公案。他想。——不管怎样,这都可以见到莒人对刘勰的深厚感情。这大约也是半个世纪前,郭沫若先生答应为这幢建筑题写"校经楼"匾额的原因。作为学识过人的历史学家和考古学家,郭先生不可能不清楚,晚年的刘勰到底有没有到浮来寻根问祖,来定林寺校经。

校经楼前的院子里植有一株柏树,还有几株枝干虬曲如龙头的国槐。左侧的围墙上,架着一瀑开得正紧的凌霄花。站定在楼前,不需要抬头,就可以看到那株大伞般的银杏。它繁茂的枝叶,就像那幅壁画所呈现的一样,拂及校经楼、大半个定林寺乃至齐鲁之地。这里真是一个适合藏书与读书的地方。

离开前,他注意到身穿蓝格子衬衣的散文家夏立君先生,长久地伫立于校经楼前沉思。望着夏先生清癯的背影,他没敢上前打扰。这位在《时间的压力》中,与屈原、李斯、司马迁、曹操、陶渊明、李白等诸多古人推心置腹的日照作家,估计正隔着一千多年的时空,与他的乡贤刘勰对话吧。

或许每个作家的心里,都立着一株参天大树。这株大树,可能是一位像刘勰这样胸藏名山的前辈作家,也可能是一部像《文心雕龙》这样世代流传的著作。

这么想的时候,他相信了刘勰晚年确实是来过此地的。

镜　子

一

以前特别喜欢逗猫。我的拿手好戏之一，就是把猫强行抱至一面镜子前，玩味猫与镜中的自己相遇时的反应。猫的第一反应，多半是一脸蒙。它皱着眉头，同时也皱着眼睛——眼睛里似乎闪烁着一层薄雾，使劲向内侧着脸，不敢相信地打量着镜中那只虎虎生威的猫。然而与生俱来的好奇心，驱使它壮大胆子猫手猫脚地把脸凑过去，嘴里喵呜喵呜的，试探性地叫唤着。可它很快就警觉地停止了继续前进，因为与此同时，镜中的那只猫也做着完全相同的动作。它一时不能揣测出对方的意图，不能判断那个贸然出现的家伙是敌是友。行为过激一点的，在这样的时刻就像受到了突如其来的惊吓——更像是受到了某种挑衅，先是夹着尾巴一步跳开，继而蹲伏下半个身子，就像对付一只老鼠或一条狗那样，以迅雷不及掩耳之势，朝着镜中的那只猫猛地扑将上去，举起两只快如闪电的前爪一阵狂挥乱舞，伴之以尖声嘶鸣，直到镜子招架不住轰然倒下，它才高翘着尾巴一溜烟逃走。在不远处停下来时，它还要在空气中扬一扬前脚，仿佛上面沾满了不洁之物。可过不了一会儿——可能只是转身的工夫，它就会像一个闯了祸事担心受罚却又按捺不住内心好奇的孩子，悄无声息地潜回现场观察一番。此时镜子已被重新立了起来，刚才与自己搏斗的那只猫竟然安然无恙，正慢摇着一条粗尾巴，心怀戒备地打量着自己。它感到不可思议，气得吹胡子瞪眼，再次猫手猫脚地把脸凑向镜子，胡须微动。

　　这样的恶作剧，多发生于我家客厅的窗台上。那原本是一方平淡无奇的窗台，放置着几样不太重要的平时难以用到的物件，两个角落也因不常打扫而布满灰尘。如果不是窗棂前立着一面与A4纸一般大小的长方形无框镜子，估计鲜有人光顾。但存在即合理的。当我在一个百无聊赖的夏日午后把一只疑似患有多动症的猫抱过来时，这方暗淡的窗台立时就变成了一个熠熠生辉的微型剧院。在这个临时被赋予剧院意义的小小舞台上，猫与生俱来的表演才华得以完美展现。它们就像是世界上最出色的喜剧演员，通过那一幕幕未经任何彩排的即兴表演，把我这名导演兼观众逗得乐不可支——取得如此立竿见影的戏剧效果，仅需准备一件道具：一面可以照见人影的镜子。这大约算得上是世界上最节约成本的戏剧演出了。而作为主角的猫——出生于不同年代的猫，之所以像塞万提斯笔下的堂吉诃德一样，一次又一次地在我的注视下上演令人捧腹的荒诞剧，大约没有别的原因，只因为它们并没有认出镜子中的那只猫就是它们自己。换言之，它们未能在镜子前完成自我容貌与自我身份的确认。这没有什么不好理解的。对猫而言，镜子只是一件它们从未见识过的充满了魔幻色彩的比夜晚会发光的月亮还要神奇的新奇之物。它们不知道镜子的用途，也就不知道镜子成像的原理。正是这个原因，它们认定镜中之猫是一个来历不明的闯入者，如同经常出现的闯入者一样。

窗台上那面犹似打开了一个新奇世界的窗子的镜子,让它们意识到了某种悄然逼近的危险。

这自然是猫的可爱之处,也是我们得以利用的地方——如果不是它们存在这一点认识上的盲区,我们如何仅仅依靠镜子这件道具就能获得莫大的乐趣?但我们千万不要因此小瞧了猫,它们是会长记性的。同一只猫,最多配合你三次——而且后面两次所表现出的兴趣,明显没有第一次那么强烈。三次兴趣的大小,依次呈降序排列——再多一次,它就不干了。人类制定的"事不过三"的规矩,在猫的意识和行为上得到了很好的贯彻。至于原因,究竟是过去尚未遗忘的经验让它意识到镜中之猫只是一个拙劣的模仿者,一团虚构出来的幻影,还是发现那就是自己的镜中之像——另一个自己?我不得而知。总之,它已经对那只猫无动于衷。仅漫不经心地瞥一眼,就打算像一只厌倦了捕杀活动的老虎那样转身而去。当你试图依靠蛮力胁迫它靠近镜子重演旧戏时,它会高昂着小脑袋,使劲地蹬着四肢,拼命地往后退缩,极力挣扎,甚至不惜动用嘴巴和利爪,对付你邪恶的双手,以阻止你的不良企图。它已经厌倦了这个极端无聊的游戏——但也有可能,它是因已识破你的花招而拒绝充当你的玩偶。它要维护自己的尊严。

二

与没有人能记得父母第一次叫我们名字时的反应一样,大约也没有人能回忆起自己第一次面对镜子时的感受。但婴儿是我们认识自己的一面镜子。天使般的婴儿,行为举止与猫无异。面对

11

反光的镜子以及镜中的那个孩子，他们表现出来的神态，是既好奇又害怕——有的甚至被吓得掩面而哭，直往母亲的怀里钻。待偷偷观察一番后，他们会急切地把被母亲用双手护住的身子往前倾，挥动着两只肉嘟嘟的小胳膊，试图去抓住镜中的那个孩子，还会冲那个孩子咧嘴而笑，呜呜哇哇，兴奋地打着招呼，两只小腿也会跟着有节奏地在母亲身上蹬弹——那个时刻，应是有一股神秘的力量，降临在他们的身体里，支配着他们的行为。他们对镜中的那个孩子表现出了极大的兴趣——无异于哥伦布发现了美洲新大陆——而且以那个年龄段特有的方式，向其示好。毫无疑问，与猫的思维一样，他们也以为那是另外一个人。只不过，相比于虎头虎脑的猫，他们表现出的，更多的是友好的一面——他们既没想着扑将上去，也没流露出将镜子掀翻在地的意图。他们把那个意外地出现于镜子中的孩子，当成了一位潜在的可以与之嬉戏的同伴。由此可见，孤独在人类的婴儿时期就如影随形地跟着他们。

与猫一样，对于镜子中的自己，婴儿也会逐渐失去最初的热情，但是他们没有表现出特别厌恶的情绪，仍然有某种神秘的东西吸引着他们的注意力。面对沉默的镜子，他们就像冷静的旁观者一样——那副表情也有点像无辜者，睁大眼睛认真地端详那个孩子，观察着他的一举一动，包括嘴巴的张合，手指头弯曲的弧度，脸蛋上发生些微变化的表情，眼神的扑闪。偶尔，他们会试探性地冲着那个孩子咧嘴一笑，就像发现了什么破绽一样。当他们发现那个孩子也冲他咧嘴而笑时，立即收住了笑容，百思不得其解地——更像是持一副怀疑的不敢相信的态度——痴痴地凝望着那个孩子。僵持一会儿之后，他们会使劲地蹬一下小腿，扬起肉嘟嘟的胳膊,小嘴里忽然爆出"嘿"的一声,但立即又谨慎地收回笑容和肢体动作,再次若有所思地凝望着那个孩子。他们在以自己的方式试探和审视那个孩子。他们大约也与猫一样,已经意识到镜子中的那个孩子,一直在同步模仿自己的行为,但尚未确认,那个天使般的孩子,就是他们自己。他们同镜子制造出来的那个惟妙惟肖的模仿者玩耍,互相传递情绪。

那么,我们是如何在镜子前完成自我身份确认的呢?这大约是一个永恒之谜。在我们最初的记忆里,估计不曾有人怀疑,镜子中的那个人是另外一个人。事实上,当我们第一次主动地站到镜子前梳妆打扮或搔首弄姿甚至是在我们能够产生这样的想法之时,我们就已(时间当然是在此之前)通过镜子完成了自我身份的确认,只是我们遗忘了确认的过程。也就是说,从那个被我们遗忘的时刻开始,我们就已确认,镜子中的那个人是我们自己。这是一个悖论。而更大的悖论在于,谁也不能无比清晰地回忆起自己一分钟甚至是一秒钟之前的容貌,即使你就站在镜子前盯着自己。我们看见的,永远是此时此刻的自己。

三

我们就像扔掉极其廉价的面具那样,不停地扔掉过去的自己。正因为如此,我们对自身的记忆与对其他事情的记忆一样,都会长毛,就像夜间预示着雨水即将降临的毛月亮,继而出现裂缝与漏洞。我们需要借助想象,才能修复裂缝与漏洞。修复的过程,犹如伟大的魔术师运用意念之力,让剥落在地早已化为齑粉的墙皮,纷纷从岁月的墙角飞扬而起,在空中合成地球仪上大陆般的块状,继而奇迹般地回归原位——斑驳不堪的墙体重新变得光滑而又平整。事实上,我们努力修复的结果,就是让过去的自己重新回到一面镜子前。早已难以觅其踪迹的日子,也纷纷从那面镜子里像一张张照片那样走了出来。仿佛它们就藏在镜子背后,抑或镜子就是由它构成。镜子成为储存时间的容器。

我看见了一个完全陌生的孩子。他每天清晨起床后最隆重对待的一件事,就是在洗脸后,像一个怀揣诸多不可告人的秘密的人,故作自然而又异常警惕地站在窗前,就着天光,握着一面镜子的手柄,持一把木梳,以额头右侧的一个位置为起点,把头发一分为二,中间露出一条笔直得跟鱼肚一样白的发际线。他总是会小心翼翼地避开父亲的视线(父亲略带好奇的目光,或是无意间的一瞥,都会让他感到无言的窘迫,而且还会让他觉得正在进行的梳头行为缺乏某种合法性,好像那是一件需要避人耳目的羞耻之事)对着那面镜子,把头发梳得妥妥帖帖的,看上去,就像是打了好几年之后才在小镇上风靡一时的摩丝或者发蜡,油光可鉴。他稚拙而可疑的行为,让我难以相信那就是过去的我。

我还看见了好几面镜子:一面是带柄的周边镶有一圈翡翠绿胶边框的椭圆形镜子,一面是没有任何边框修饰然而背面是好看的铁红色的长方形镜子,还有一面,是像门上的猫眼一样会将人脸照得异常夸张,整个背面都被结实的黑色塑料包裹着的镜面凸出来的镜子——据父亲说,它是卡车上的一块后视镜。但是为什么会有这么多镜子?它们又是何时被放置于窗台的?已不可考。我那时经常使用的是哪一面?那面能够让时间重生的魔镜没有告诉我答案,但我在心里认定就是那面周边镶有一圈翡翠绿胶边框的椭圆形镜子,因为它至今仍被镶嵌在我们家的洗脸架上——尽管随着岁月的流逝，它的镜面早已氧化得再也照不出一团模糊的人影，看上去更像是一块生锈的铝皮，但没有人计划将它取下来换上另外一面（我们已拥有了一间洁净舒适的洗手间，洗手盆的上方安装了一大面方形镜子）。

镜子对那个孩子而言，充满了磁铁般的魔力。他热衷于在炎热的夏天，拿一面小圆镜，赤脚跑进地面冒着烟的院子里，把明晃晃的充满了金币质感的阳光反射到凹凸不平的墙壁上；快速地转动镜子的弧度，让阳光在墙壁上像个调皮的孩子似的迅速奔跑。他也曾在课堂上偷偷地从裤兜里摸出一面小圆镜，把它放置于从窗栏里扑进来的阳光底下，让金色的圆形光斑反射到黑板上——当然，只是极其短暂的一晃——把正背对着他们用粉笔在黑板上写字的自然老师吓了一大跳。他猛地转过身来，用交织着狐疑与恼怒的目光，在教室里搜索着可疑分子。他们集体低下头，紧咬腮帮，拼命地把笑声憋在肚子里。这一幕，简直与德国作家西格弗里德·伦茨在长篇小说《德语课》中描写的那个情节如出一辙。

他很快就掌握了许多关于镜子的秘密：不同的镜子，照出来的人影大相径庭；即便是同一面镜子，只要转动一个方向，呈现出来的人像效果也不尽相同。他在一个个慵懒的中午，尝试把脸放进不同的镜子里或是换着角度使用同一面镜子，感觉每一个自己都是全新的。有的是长脸，有的是方脸，有的是圆脸；有的好看，有的难看，有的滑稽。他知道每一个都是他自己，但不知道哪面镜子中的自己才是最真实的自己。许多年之后，他依然不敢说自己找到了答案。每一面镜子都擅长变形术与迷魂术。格里高尔·萨姆沙之所以会变成一只巨型甲虫，他怀疑是镜子出了问题——不是他本人的镜子出了问题，就是他家人及同事的镜子出了问题。实际上，我们每个人都是格里高尔·萨姆沙。也许某个清晨，当我们从睡梦中醒来，就会吃惊地发现，我们也变成了一只连翻身都感到异常困难的甲虫。

那个孩子是那样迷恋镜子，并执着地在清晨打扮自己。但他那时并不清楚打扮自己的确切目的是什么，直到他长到了贾宝玉那样大的年龄，才恍然大悟。那时，他喜欢上了一个大眼睛的女孩子，却迟迟不敢向她表白；终于鼓足勇气写下人生中的第一封情书，也不敢当面递呈，而是结结巴巴地委托她的一个同乡予以转送。当女孩明白他的心意向他主动示好时，他却不知道该如何应对。他装作什么事也没有发生一样，甚至不可理喻地在她面前显得异常冷漠，就像他特别讨厌她似的。但奇怪的是，他又在冷落她之余，开始疯狂地在镜子前打扮自己。

我至今仍然难以理解自己当时的矛盾心理。

四

魔术师般的修复术，确实创造了奇迹。譬如对上述记忆的修复，让更多已丢失的记忆就像被冻土覆盖的青草一样纷纷复苏了。这大约是一种逆向的多米诺骨牌效应，也可以通俗地说成是"拔出萝卜带出泥"效应。只是让我感到奇怪的是，这些记忆中的事情，几乎都发生于我的少年时代，可为什么，我在同一时期所扮演的角色却不尽相同，性格也迥然有异，完全不像是同一个人？是不是我们在对受损的记忆进行修复时，不知不觉地进入了一个个像网格一样密布在时间黑洞中的平行空间？换言之，是不是过去的时间因为我们的介入而发生了分叉，我们也就理所当然地拥有了不同的生活和性格？

我开始讲述另外一个空间里的故事。在这个空间里，我酷似一个自闭症患者。有好几年，羞于见人的念头就像一道无法破解的魔咒，左右着我的行为。明明我正在房间外面玩耍，但只要一听见熟人的脚步声或清嗓子的咳嗽声，就会立即猫手猫脚地躲进房间，如同一只惊弓之鸟；待闻得脚步声走远以后，再猫手猫脚地溜出来，仿佛我是一个偷偷生活在陌生人房子里的不速之客。我害怕与住在同一个院子里的熟人打照面，更羞于与之说话。家里有客人或去别人家做客时，我总是习惯性地坐在一个被人忽视的角落里，保持着腼腆的微笑和谨慎的沉默。即使说话，也是声若蚊蝇，面容拘谨。我知道，这样会给人的舌头留下把柄，但我无法克服那种近似于恐惧的害羞。时至今日，我很多时候仍然受其影响。

我一直对自己如此脆弱不堪的表现没有客观的认识，以为那只是由一种与生俱来的、源自天性的类似于化学反应的东西所造成的。然而事实并非如此。尽管我母亲的性格与她的出生地一样，偏于内向和封闭，但我依稀记得小时候的自己，也是相当活泼可爱的，属于同龄孩子中的活跃分子。只是随着年岁渐长，我才变得如此敏感而又害羞。成年之后，我才明白，发生在我青春期的这一显著变化，不能简单地用某种带有普适性的原因来解释，譬如说叛逆、自我意识的觉醒与扩张。父母的打击式教育，恐怕才是罪魁祸首。孩子，是大人们聚首谈天的主要话题之一。但在父母——尤其是母亲的嘴巴里，我们永远是最糟糕的，而别人家的孩子，永远是最棒的。当他们在谈天中以无限贬低我们兄妹的方式抬举别人时——虽然这样的言说方式,更多的时候未必出于真心,而是迫于一种农民式的谦虚——从未顾及我们的内心感受。我们就在现场。我们或蹲或坐在角落,把脑袋搭在两只膝盖之间,耷拉着眼皮,幻想着出现一道地缝,或是跟一只并不存在的蚂蚁生着闷气。我们的脸上布满阴云,心底充满怨恨。我们不敢辩解与顶撞。当然不止这一件事。但凡我们在生活中犯了一点小错,就会迎来他们无端的指责——有时过分得就像暴风雨般猛烈;他们闹了矛盾或是遇到什么不快之事,也会毫不犹豫地将那些黑色情绪转嫁到我们头上,仿佛那些事是因我们而起。正是这样,我们逐渐变成了沉默的孩子,犹如三颗沉默的土豆。

还好有镜子。当我像一只胆小的鼹鼠悄无声息地躲进房间时,我多半都会来到那面镜面落满细小灰尘或可疑污渍的镜子前。镜子里的那个孩子,瘦削,羸弱,梳着偏分,神情中扑朔着一丝无法拭去的忧郁。但正是这个刚刚从外部世界中逃离开来的孩子,在镜子里竟然像个卓别林式的哑剧天才,时而龇牙咧嘴冲我做鬼脸,时而大幅度地上下摆动脑袋冲我夸张大笑——当然是无声的,时而长时间地以一种难以捉摸的中性表情(既不热情也不冷漠)凝视着我,捕捉和收集着发生在我脸上的最细微的变化。我一时错愕,但很快明白,是封闭的房间,让他感到安全和放松,是沉默的镜子,让他变得异常放肆,有恃无恐,与平日判若两人。镜子解放了习惯于在他人的目光里自我囚禁的他。多年之后,当他在生活中遇到了愁眉不展之事或是在接受一个十分重要的面试之前,他依然会借助一面镜子,进行自我暗示,管理面部表情,调节情绪。

就像上述这般,沉默的镜子在我的生活中一直扮演着十分重要的角色:拯救者、对话者和倾听者——它仁慈而又冷漠——但随着年龄的增长，很多时候，我却对它避而远之，尤其是觉得自己面目可憎之后。

五

我以前一直对人的相貌缺乏常识性判断。与邻居家的孩子在马路上玩耍，遇到陌生人与我们搭讪，被夸的总是邻居家的孩子。"这个孩子长得漂亮。"他们总是这样啧啧称赞。我很不服气，闷闷不乐。回家照镜子，更不服气。后来眼睛近视，一直没佩戴眼镜，与真实的世界始终隔着一层薄膜；镜子中我的脸部轮廓，貌似有棱有角，正是那个时期女孩们喜欢的类型。然而，第一副近视眼镜，像一颗尖锐的子弹，一举击碎我维持多年的类似虚荣心的自信。我一直记得那个秋日的下午，当我戴着刚刚配好的眼镜，头晕目眩地站在眼镜店的巨幅镜子前时，竟恍惚得不敢相认：镜子中那个满脸青春痘、髭须蠢蠢欲动的家伙，真的是我吗？眼镜店的镜子，给我留下阴影，我自此对它们怀有某种固执的偏见。

我没有自暴自弃，并且很快就重建起信心。那时流行"碎发"（一种发型），理发时，理发师并不使用电动推剪，而是用大拇指和食指操作一把小巧的不锈钢剪刀，咔嚓咔嚓，半蹲着马步围着你转两圈，就算大功告成。第一次剪这款发型的那个下午，当理发师用海绵将我头部和脖子上的碎发清理干净，解开那块灰白色围布时，我在镜子里看见了一个全新的自己，精神抖擞，颜值猛增，顿时心情愉悦。离开理发店，碰见班上最漂亮的女同学，被她用一种异样的含雾的眼神盯着看了好一会儿。也就是从那个时候开始，我发现发型对于颜值的重要性。不同的发型，会带来不同的视觉效果。然而，遇见一个理想的理发师十分不易，遇见了也不可能要求他终生为自己服务。每换一个理发师，就不得不怀着试错的心情，准备承受打击。竖立在你面前的镜子，会在第一时间向你反馈理发师的手艺以及你最真实的内心感受。

随后一段时间，算是平稳过渡阶段。我时而对自己的容貌满怀信心，照镜子的频率也就相应较高，时而又陷入某种不可自拔的绝望情绪和自卑心理——此时就对镜子充满莫名的敌意。真正让我对照镜子这一行为生起抗拒之心的事件，追溯起来，大约发生于十年前的某个周末。那个周末，我忐忑不安地走进一家从未光顾过的理发店，将自己蓄起来的长发托付给一位陌生的理发师，嘱咐他维持原有发型，稍加修剪即可。四十分钟之后，理发师结束了工作。我站在镜子前，与多年前第一次戴上近视眼镜的那个下午一样，我再次怀疑起镜子中的那个人。我过去的长相，堪称眉清目秀，可在那个具体日期不详的周末，我看见的是一副完全陌生的面孔。他的目光不再清澈，变阔的脸上也不再闪烁青春的光泽，眉间和鼻翼两侧，可恶的法令纹已像幽灵一样出没，简直一副老气横秋之相。我怔怔地望着镜子中的自己，好一阵悲哀。最初，我将这样的视觉效果归结于理发师糟糕的手艺。次日，我带着某种赌气般的复杂情绪，再次来到那家理发店，指定另外一位理发师帮我重新修剪了一番，然而效果不仅没有任何改善，反而强化了前一日的形象。未老先衰之感，在我从皮质座椅上站起来面对镜子的那个瞬间紧紧地攫住了我的手臂。我感到恐惧，身体不由自主地战栗。

理发店的镜子，在那个周末变成了照妖镜。从此，我对镜子的态度变得十分暧昧。我总是在清晨兴冲冲地走向镜子,期待看见一张眉清目秀的脸,却又总是在半途或即将走近镜子时,忽然想起自己的脸和神态都已无可挽回地显示出一种就像是被滚开水滚过的"中年气象",轻快的脚步便立即变得犹疑不定,胸中怯意顿生。仿佛那面镜子,是一道悬崖。尤其是在某个清晨偶然发现眼角布满鱼尾纹,鼻翼上的雀斑呼之欲出,皮肤松弛暗淡,毛孔变得跟筛子眼般粗大,头发显得毫无光泽之后,我对镜子——就像前边说的那样,充满了莫名的敌意。我害怕面对镜子,害怕看见那张面目日渐可憎日渐陌生的脸。可人确实是一种难以理解的动物。明明已知答案是什么,却总喜欢怀抱侥幸心理,试图证明答案并不可靠。于是,我一次次走向镜子,又一次次跟镜子生气,跟梳子生气,跟头发生气,跟镜中的自己生气,无法与之和解,活像一头气急败坏的狮子。

  我的行为不是孤例。电视剧中摔镜子的镜头比比皆是。那多半是原本拥有国色天香之姿的女人因为某个突发事件容貌尽失或在某个清晨像我一样忽然发现自己在一夜之间急遽衰老而迁怒于镜子——她们甚至因此而发疯。仿佛摔碎了镜子,发生在她们身上的事情就能像梦境一样无所依傍而消失。而在现实生活中,夜晚成为许多女性的噩梦。临睡前,她们不得不面对镜子。随着妆容卸去,白日里在聚光灯下被各种化妆品掩饰起来的皱纹、斑点,下垂的眼睑,死鱼般的眼睛,凸起的颧骨,都会一一清晰地呈现于眼底。这样的时刻,镜子就像是一位魔法出众的魔术师,把一个女人变成另外一个女人,把一个虚假的人还原成一个真实的人。谁也别想在镜子前隐藏时间的秘密。

  镜子是无可挑剔的见证者。从天使般完美的婴儿到全身布满褶皱的老人，它见证了发生在我们身上的点滴变化。它还是伟大的预言师。通过它，我们可以在现有的基础上看到自己未来各个年龄阶段的大致模样。我们就像在镜子里度过了一生。换言之，与其说是我们创造了镜子，不如说是镜子创造了我们。

世间一切皆为镜中之像。

六

罗伯特·詹姆斯·沃勒在其小说《廊桥遗梦》中为我们贡献了一个十分经典的情节——目送罗伯特·金凯的卡车向左转上了通往温特塞特的大路之后，弗朗西斯卡像个少女一样一蹦一跳回到廊下，而后赤身裸体站在镜台前：她的骨盆因生过孩子稍微张大了一点，乳房还很结实好看，不太大不太小，肚子稍微有点圆。在镜子里看不见双腿，但是她知道还是保持得很好的。她应该更经常地剃剃汗毛，不过好像也没什么意思。弗朗西斯卡内心深处的波澜在镜子前一览无遗。事实上，这不是罗伯特·詹姆斯·沃勒的专利。许多作家都在笔下描绘过类似的画面。寂寞的夜晚，女主角站在卧室或浴室的镜子前，掀开睡衣，欣赏自己的裸体，欲望之火呼之欲出。在这样的情节中，镜子既是作为物质和道具的镜子，又是折射真实人性的镜子。就像弗朗西斯卡，一位住在艾奥瓦州麦迪逊县的农夫之妻，两个孩子的母亲。如果罗伯特·金凯没有出现，她会在那个观念保守的小镇上按照某种早已习以为常的惯性沿着一条既定的轨道向前滑行，直至终老，也不会有什么遗憾。但在偶遇罗伯特·金凯之后，一切都改变了：深埋于琐碎生活中的某种可能性——"至少是一种可能性享受某种快感摆脱日常千篇一律的方式"——被奇迹般唤醒。作为目击者,镜子见证了弗朗西斯卡的这一异常举动以及随后两天发生在卧室里的故事。

与罗伯特·詹姆斯·沃勒一样,许多电影导演也善于借助镜子这一道具,勘测人性的深度与多面。许多与镜子有关的镜头令人印象深刻。主角们在迷惘绝望之时,在极端愤怒之时,在急需进行自我救赎之时,导演都喜欢把他们安排到一面镜子前,让他们面对一个完全陌生的自己。面对镜子中那个面目狰狞的人,他们要么不顾一切地挥拳击爆镜子,要么用冷水浇面,让那头咆哮的狮子回到身体里的巢穴,要么认识到自己的罪恶而痛哭流涕不已。这大约是最残酷的刑罚,镜子是手执法槌的法官。当然,这些镜头多半只是整部电影的一个小插曲。让镜子在整部电影中占据着不可或缺的重要地位的电影,估计要数安德雷斯·拜兹自编自导的《黑暗面》。电影的名字似乎已说明一切。放弃自己的事业,跟随男友亚德里安来到哥伦比亚的贝伦,为了试探男友对自己的感情,忽然有一天留下一段视频不辞而别。事实上,她并未远走高飞,而是躲进了卧室隔壁的一间密室。安装在密室与卧室之间的一面双面镜,成为她观察男友行踪的绝佳窗口。可不幸的是,她在匆忙躲进密室时,不小心把钥匙掉在了卧室地板的暗格之中。好戏就这样上演了:因为女友失踪,郁郁寡欢的亚德里安到酒吧买醉,认识了女招待法比安娜,于是贝伦在镜子前一次次眼睁睁地目睹两人在卧室交欢。她因男友如此迅速地背叛自己而崩溃,却又无力阻止,不管她采取什么措施,那面镜子依然完好无损。聪明的法比安娜终于在一系列诡异事件中知道了密室的存在,而且知道了钥匙就挂在她的脖子上,她却不准备打开密室;

当她怀着异常复杂的心理打开密室时,却又被贝伦暗算……未曾泯灭的人性之光,换来了永恒的黑暗。每个人不敢面对的人性深处的黑暗面,在这部电影中,被展现得淋漓尽致,同时显得惊心动魄。作为电影中最重要的道具,那块结实而又邪恶的双面镜,不仅仅是一扇隐秘的窗口,更是一个寓意深刻的隐喻。

　　与硬币一样具有两个面的镜子,确实是对人性的绝佳隐喻。它的正面能照出光亮的人影,背面则是一个未知的世界。面对安装在酒店卧室或浴室的一面镜子,我们往往只是用来整理自己的妆容衣着,却很少探究镜子背面是什么——那里可能什么也没有,也有可能是一双或无数双偷窥者的眼睛。我们总是把自己最真实的一面暴露在镜子前,给予它无偿的信任而不加防范。这大约也就是一些时候我们面对镜子会感到心虚的原因。我们怀疑镜子知道太多的秘密,怀疑它是一个看透我们心思的人。我们既害怕它是告密者,也害怕接受它无言的审判。

　　事实上,我们制造镜子,购买镜子,使用镜子,最本质的目的,是为了更好地认识自己,但我们真的做到这一点了吗?我们内心的那个世界,犹如一座深藏于黑暗之中的迷宫。再多的镜子,也照不见那条通向它的秘密小径。

南方故事集

一

妹妹毫无征兆地出生了。

新年之后一个春寒料峭的晚上,我和哥哥已经睡觉。三声婴儿的啼哭,把我们从梦中吵醒。那啼哭声,像夏日的花瓣一样绽开。是夏日攀在篱笆上的喇叭花,握着紫色拳头的喇叭花。我们从床上坐起来,趿拉着母亲做的灯芯绒布面鞋子,摇摇晃晃地走向楼梯口。灯光刺眼。我们不知道发生了什么事情。

"是谁在啼哭?"我们吐出来的话像是梦中呓语。我们虽然醒来,可仍有一部分停留在长长的梦境里。我们只是从梦境里探出了脑袋。这个脑袋里装满了疑问。也有可能是沙砾。偶尔晃动脑袋,沙砾在里面沙沙作响。沙砾碰撞着沙砾。

"妈妈给你们生了一个妹妹。"祖母冲着我们探下楼板的脑袋说。"妈妈给你们生了一个妹妹。"父亲把祖母的话重复了一遍。他们的话,用金色的喜悦之水浸泡过。他们的嘴巴,也用金色的喜悦之水浸泡过。他们的脸庞也是,像喝了玉米烧酒。

父亲更像是中了头彩一样高兴。他欢快的脚步声像是在唱歌。他一定在偷偷唱歌,用牙齿唱,用舌头唱,用眼睛唱,用鼻子唱,用耳朵唱,用手指唱,用脚趾头唱,用肩膀唱,用头发唱,用变得轻盈的身体唱。

父亲一直盼望有个女儿,而女儿在这个晚上来了。

"我们要和妹妹一起睡。"

"今晚不行。"

"就要今晚。"

"不行。快点睡觉去。"

我们重新钻回被窝。被窝里还冒着热气,好像我们根本就没有离开被窝。可脑袋里的疑问还没有散去。疑问像雾。乳白色的大雾,总是从河谷里漫上来,伸长脖子,张开嘴巴,吃掉村子里所有的房子和成片成片的玉米地。

我们不知道母亲怀孕了。我们没有发现任何异常。白天,我们沉浸于陌生世界的缤纷色彩和游戏制造的喧哗与浪花之中。夜晚,我们纷纷长出巨大的翅膀,在村子上空练习飞翔。只有在午饭和晚饭时间,我们才见到母亲。

"生你的那一天,我在麦地里割了一天麦子。麦芒针尖一样扎手。那天天气很热,汗珠子在我的脸颊上,雨水一样往下滚。我的眼里进了盐,咸得我涌出火辣辣的泪花。我的嘴角也进了盐,咸得我不停地吐口水。"母亲后来对我说。

"生你的那一天,我上午到水井里挑了好几担水,直到水缸装不下更多的水。下午在厨房用筛子筛了一大堆煤灰。煤烧完了,我们不得不从池塘挖来黑色的淤泥,把和着淤泥的煤灰捏成煤球。"母亲后来对妹妹说。

妹妹出生的第二年,四婶给我们生下一个弟弟。过了两年,五婶给我们生下一个弟弟。又过了两年,四婶又给我们生下一个妹妹。再过了两年,五婶又给我们生下一个弟弟,六婶给我们生下一个妹妹。还是过了两年,七婶给我们生下一个弟弟……

　　婴儿不停地出生。可在他们出生之前,我们没有一次发现异常。母亲们像以前那样,出没于厨房、猪圈和玉米地之间。她们的双手沾满草绿色的汁液。她们围裙的纹路里浸满油烟味。她们的衬衫上游荡着汗臭味。她们从来没有去过医院。她们很少走出荨麻在路边投下阴影的村子。她们到镇上去一趟,都像是过节。

　　"我们从哪里生出来的?"

　　"你们猜?"

　　"从肚脐眼里吗?"

　　"是的。"

　　"从胳肢窝里吗?"

　　"是的。"

　　"从耳朵里吗?"

　　"是的。"

　　"从鼻子里吗?"

　　"是的。"

　　"到底从哪里?"

　　"从小溪边捡来的。"

　　"你骗人。"

　　"从牛屎堆里扒出来的。"然后是一长串咯咯咯的笑声。父亲也跟着笑。他们的笑声缠绕在一起,像一条正噼里啪啦燃烧的绳索。

我们的眼睛开始变绿。

我们的哭声从胸口上升到嗓子眼。它们像冰凉的井水,在喉咙里咕噜咕噜响。但我们闭紧了嘴巴。于是,牙齿咯吱咯吱作响。

我们感到被遗弃。

我们的肩膀和胸脯慢慢垂下来。

整个世界慢慢垂下来。

我们的耳边又响起一串咯咯咯的笑声。

另外一条噼里啪啦燃烧的绳索。

当妹妹也被这个疑问所困时,我们口径一致地声称:"你是从溪边捡回来的。"妹妹挥舞着小手据理力争。她小小的脸庞,因为激动而涨得通红。在母亲口中得到同样的答案之后,她开始伤心地哭泣。她把变得苍白的脸庞扭向一边,不再理会我们。一连好几天,她都不同我们说话。

村子里的每一个孩子,都是从小溪边捡回来的。

二

雨天,孩子们都喜欢在屋檐下玩雨伞——灰色雨伞,红色雨伞,紫色雨伞,方格子雨伞,长柄雨伞,短柄雨伞。我们站在湿漉漉的走廊上,把雨伞举过头顶,旋转着手中的伞柄。珍珠做的帘子扑打在旋转的雨伞上,也跟着旋转。一朵朵"雨伞之花"在我们手中绽放。透明而又无辜的雨水,在眩晕中被带到更远的地方。雨脚在地上碎裂。易碎的雨脚,是童话中穿在公主脚上的水晶鞋。

这是不被允许的。雨季来临的时候,墙壁上的石头渗出指肚大的水珠。石头在流汗。潮湿的地面拧得出水来,潮湿的空气拧得出水来。桌子的腿和脚,椅子的腿和脚,都爬上了灰色霉斑。霉斑也有生命,也有腿和脚。干瘪的玉米里长出飞蛾和棉虫,胚胎那里是一个虫眼和一串令人恶心的粪便。我伸出手抚摸自己的腮帮,里面多出两颗难以忍受的虫牙。看不见的蛀虫,日夜折磨着我。

大人们不允许孩子把更多的雨水带进房间。雨水会带来霉运。

不被允许的事情还有很多。

不允许在室内把打开的雨伞罩在头上。"如果那样做,头上就会长癞子。你们看看村子里的那些癞子,有多丑。"大人们总是这样警告我们。可是趁他们不注意的时候,我们总是会飞快地打开雨伞,怀着隐秘的兴奋与恐惧,把它罩在头上,然后又飞快地把它收拢,看看是否真的会长出癞子。夜晚来临,我们感到头皮发痒。我们担心的事情正在发生。爬满床铺的恐惧和噩梦让我们感到痛苦。可是第二天,我们就将这件事情忘记得一干二净。

不允许下雨的时候在室外玩耍。一场跑暴雨离村子还很遥远,我们就被母亲唤回家。"下雨的时候,不要到外面去玩。小心感冒。"可是大雨真正到来时,我们总是会打着赤脚飞奔到院子里的两棵女贞树下。我们喜欢在树冠下躲雨。我们喜欢凉飕飕的雨珠子猛不丁地落进我们的脖子。我们喜欢把双脚踩进充分发酵的泥巴里。我们喜欢泥巴从脚趾缝里像泥鳅一样钻出来。我们喜欢揪出泥团，制作各式各样的面包、坦克和汽车。太阳重新露脸时，让它们接受高温的炙烤。

不允许到溪边去。野蛮的牛群，在溪涧里咆哮。轰隆轰隆的响声，像战争片里坦克的履带碾过村子。据说原来那是一条很小很小的小溪，名副其实的小溪。我出生的那一年，雨季尤其漫长，山洪暴发，无数巨石在电闪雷鸣中从天上滚落而下。它们撞开小溪的皮肤，粗鲁地奔向山脚的大河。小溪从此变成深涧。

有人在那里丢失过一只鞋子，也有人在那里丢失过魂魄——一条黑皮肤的蟒蛇吸走了他的魂魄，他开始胡言乱语，颠三倒四，整日整夜圆睁着眼睛，然而眼神空洞，直至巫师把他的魂魄重新召唤回来。

还没有孩子和羊群被暴涨的洪水冲走的先例。但是大人们总是担心自己的孩子和羊群会被洪水冲走。他们禁止我们在雨天靠近那条小溪，也禁止我们在雨过天晴之后，赶着羊群跨过那道还没有瘦下去的洪水。

我们对洪水的恐惧，来自大人们的"禁止"。

不允许到森林里去。森林里有野猪，野猪吃人，它们闪着寒光的獠牙比镰刀还要锋利。森林里有蟒蛇，蟒蛇也吃人，它们用又长又粗的身体缠住你的脖子让你无法呼吸，如果你反抗，它们就把你捏碎。它们捏碎你，就跟捏碎一颗鸡蛋那么容易。森林里有魔鬼，魔鬼会障眼法，让你大白天的也会迷路，永远走不出黑色的森林。有的时候，成精的藤蔓植物，也会趁你不注意时，猛不丁地伸出无数只手，把你困住，然后一口一口地把你吃掉，连骨头都不吐。

可是森林里也有甜甜的野枇杷和野葡萄，有酸酸的野樱桃和野山桃，有多籽的八月瓜和九月红，有会把嘴唇和双手都染成紫色的桑葚，有被蛇吐过唾液的悬钩子和覆盆子，有全身布满红点花纹的虎杖，还有大片大片的鸢尾花和老鸹叫。

有一次，我在森林里被一片望不到边际的老鸹叫迷住了。

它们是那样美，美得我不敢呼吸。每呼吸一次，它们就变得更美。这么美的花，为什么要用丑陋的老鸹为它们命名？老鸹在村子上空叫来叫去的时候，老人们就会彻夜难眠，他们担心自己一旦闭上眼睛，就再也醒不过来。因此，他们禁止孩子学老鸹叫。"不要学老鸹叫，否则嘴巴会变臭。"他们总是这样吓唬孩子。

它们是那样美，美得我不敢挪动脚步。每挪动一步，就会踩碎其中一朵。我不想踩碎它们。我知道它们也会喊疼，只不过它们的声音太细弱了，我们听不见。它们也会流血，只不过它们的血液是绿色的，我们不认为那是血液。

我忽然感到害怕。害怕那些花会张口说话。害怕那些花是魔鬼变的。害怕那些花会伸出长满触须的手臂缠住我的脚。我不顾一切地奔跑起来。它们在身后以同样的速度追赶着我，嗡嗡嘤嘤，喧哗不已。当我因为更大的恐惧停下来，猛地转过身去时，它们又安静下来，无辜地注视着我。

我的鞋底，被染成了草绿色。我还打碎了许多无辜的露珠。我感到罪恶。我高昂脑袋，望着头顶的天空，请求宽恕。可是被树冠遮挡的天空，空无一物。我不知道向谁请求宽恕。于是，我俯身摘了一把老鸹叫，让它们绚丽的色彩陪伴我。

后来，我才知道老鸹叫又叫曼陀罗。这个曼妙的名字，才配得上它脆弱的美。

不允许大清早说梦，不然美梦会破碎。

不允许下午剪指甲，也不允许下午梳头，不然记性会越来越差。

不允许晚上照镜子，不然会噩梦缠身。

不允许深夜吹口哨，不然会招来鬼。

三

母亲很晚才从地里归来。暮色跟在她身后。暮色是一条深灰色裙子。母亲穿着这条深灰色裙子，从地里归来。她一手挽着父亲编织的筐子，筐子里装满了热乎乎的鹅儿肠，一手握着锄头光滑的把柄。锄头在她肩上一动不动。她迈进院子时，那条裙子在她身后变成了颜色更深的裙子。整个村子，都穿进那条黑裙子。

母亲身上，混合着汗臭味和鹅儿肠的清香，白衬衣上还染着油菜花亮黄的花粉。她把油菜花馥郁的芳香也带回来了。森林附近的油菜地，已经噼里啪啦地燃烧起来了，燃烧成一片花海。蜜蜂整天嗡嗡嗡地围绕着花朵鸣叫，它们从来不知道疲倦，它们永远哼唱着同一支歌。它们总是把小小的脑袋，深深地埋入花蕊里。

这一天，母亲在土豆地里除草。土豆已经长出墨绿色藤蔓，枝叶粗糙，虎头虎脑。再过两个月，它们就会在枝丫间开出漂亮的紫色花朵，结出并不常见的青色果实。鄂西方言里，我们把这种果实称为"牵吊果"。母亲偶尔会从土豆地里带回一串湿漉漉的牵吊果。拿菜刀切开它们，里面除了绿色的果肉，什么也没有。

傍晚的时候，母亲钻进潮湿的油菜地，把细长的鹅儿肠连根拔起。游走在她身后的筐子越来越沉，暮色加重了它的分量。母亲不得不把筐条挪到肘窝那里。她的肘窝，一定火辣辣地疼。她的肘窝，一定留有一道筐条的勒痕。第二天，那道勒痕也不会消失。它就像长在了母亲的肘窝上。

油菜花的花期很长，成熟却是一夜之间的事。有一天，母亲愤怒地对父亲说："蜢子来了。"不用去地里，我们就知道是油菜灰白色的菜籽荚上沾满了密密麻麻的小虫子。它们的生命很脆弱，只需用两个指头肚轻轻一捻，就尸骨无存，却会让所有的油菜都生病，都坏死。它们身上携带着看不见的病菌，可怕的病菌。

父亲戴顶颜色发黑的旧草帽，背着一个草绿色的喷雾器去了地里。他变成了医生，蜢子的克星。他摁动黑色的手柄，刺鼻的雾气从喷头里喷出。油菜变得湿漉漉的。父亲也变得湿漉漉的。他的衣裳上残留着那股刺鼻的味道，他拒绝我们靠近。那股味道，令你头晕目眩，令天空与村子旋转，令你夜晚噩梦连篇。

油菜细长的藤蔓由青变黄，躲在菜荚里的菜籽由白变黑。赶在雨季到来之前，父亲和母亲手握雪亮的镰刀将油菜收割。成捆成捆的油菜和它们潮湿庞大的影子，跟随父亲沉重的脚步迈进宽敞的堂屋。最高处的藤蔓，直顶到天花板上。

羊群般雪亮的光线，被赶了出去。逼仄的堂屋里像黄昏一样昏暗。

雨季如期而至。油菜藤蔓在黑暗中发酵。空气中弥漫着森林里陈年落叶的气味。我把手伸进未知的黑暗中，潮湿的高温让我立即缩回手。可那股潮湿与温热，像蜗牛可恶的黏液，爬在我的手臂上。在我的注视下，它显得笨拙僵硬，不敢确认刚刚触摸到了什么。我把耳朵靠近藤蔓，耳朵里沙沙作响。

我飞快地跑出堂屋。我没有告诉任何人，我听到了什么。

雨季过后，油菜籽在烈日下滚动，沙沙作响。黄昏时分，我和父亲把它们装进口袋里时，它们在我的脚底滚动，沙沙作响。我的脚底发痒，不得不弓起脚背，把脚趾头蜷缩在一起。我想咯咯笑，可只是偷偷地笑。我不敢让笑声冒昧地越过牙齿的边界，我怕父亲说我是疯子。无缘无故地笑，总是让人一头雾水。

我和父亲干活的时候，谁也不说话，只有油菜籽在口袋里沙沙作响，只有星星在我们头顶沙沙作响。我们的表情越来越僵硬，我们的动作也越来越僵硬，像沉重的暮色一样僵硬，像暮色中群山的轮廓一样僵硬。谁也不想说第一句话。

父亲带着我去村子里的作坊"打油"。油菜籽在父亲的背上沙沙作响。石子在我的脚下沙沙作响。阔叶林带树叶在微风中沙沙作响。还有看不见的东西，在我的心底沙沙作响。我们穿过一片长满丛树的山冈，穿过空旷的村委会广场，穿过大半个村子来到作坊。

菜籽饼热烘烘的香气，四处游荡。

还轮不到我们。我们像鸟儿一样收拢翅膀躲进巨大的树冠里。我们张开嘴巴，大口呼吸。好像我们刚刚在来作坊的途中，忘记了呼吸。父亲的肚子一起一伏。烈日炙烤着村子。宽大的树叶镶着金边，变得透明，黑色的叶脉跟父亲手臂上的毛细血管一样纤毫毕现。我的凉鞋发烫，坚硬的皮质材料软乎乎地贴着我的脚。

我不想穿鞋。我想打赤脚行走。但这是不被允许的。"那样会感染真菌。"父亲总是这样告诫我们。

我们大口呼吸的时候，一位头戴草帽的农妇，挽着一只篮子，从白色的烈日下向作坊走来。可能是作坊主的妻子。她一边像村子里其他农妇那样漫不经心地行走，一边往嘴里喂着一颗红色的果子，偶尔有鲜红的汁液从她的嘴角淌下来。

我从未见过那种果子。我盯着她宽大而粗糙的手，看着它怎样把那颗陌生的果子送进嘴巴。我盯着她的嘴巴，看着它怎样咬下一块多汁的果肉。我偷偷地吞咽了好几次口水，可是我想象不出那种果子的味道。也许是苹果的味道。

父亲也不认识那种果子，因为他的目光里也流露出好奇，而且他的好奇一点也不比我的少。至少农妇经过我们身旁时，我没有张开嘴巴向她询问。

"这是什么果子？"父亲伸长好奇的脖子，问那位中年农妇。

"西红柿。"中年农妇把最后一口果子喂进嘴里，她布满细小皱纹的口腔嚅动着。

这个烈日炎炎的夏日中午，我们认识了西红柿，并幸运地得到了一把种子。父亲把种子小心翼翼地包在香烟盒内侧的锡纸里，然后把锡纸揣在裤兜里。他行走的时候，裤兜里沙沙作响。我紧盯着父亲的裤兜，我担心种子会溜出来。

第二年夏天，我们种的西红柿丰收了。结实的果子，又圆又大又红，压弯灰绿色枝头。收获的时候，有的果子还裂开了皮，绽出鲜红的果肉。父亲把第一轮收获的七八个又圆又大又红的果子，陈列在厨房，像展品。它们在一张简易餐桌上继续成熟。没有人时，它们在餐桌上跳舞。也许是墨西哥舞，也许是西班牙舞。

"据说是从墨西哥引进过来的，也有人说是西班牙。"那个农妇曾这样对我们说。

母亲计划在晚餐时用白砂糖拌上两个墨西哥西红柿，或西班牙西红柿，剩下的，明天再吃。我们希望一日三餐都能吃上西红柿。

母亲还没有开始准备晚餐，堂伯父和他的女儿来访，我们的一切计划被迫中止。这就是鄂西人的待客之道。我们不能怠慢客人。父亲兴高采烈地把他们带进厨房，参观我们刚刚收获的西红柿。堂妹得到了最大最圆最红的那一个。

我的目光长久地停留在堂妹脏兮兮的手上。我想把那个西红柿收回来。

黄昏时分，伯父讲完最后一个迷人的故事，把茶盅里最后一口茶水灌进他爬满胡须的嘴唇后欲起身告辞。堂妹却踪影全无。伯父一遍遍呼唤着堂妹的名字，没有任何回应。我们帮忙寻找，最后发现她躲在光线暗淡下来的厨房里。

她一声不吭地坐在那张简易餐桌前，嘴角淌着西红柿鲜红的汁液。见到我们难以置信的眼神，她飞快地用手抹掉那些汁液。但它们继续在她手指上流淌。她细长的脖子变得很粗，蓝色的毛细血管，在褐色的皮肤下面穿行，像小小的蚯蚓。西红柿一个也不剩。餐桌变得更加简陋，厨房变得更加暗淡。

　　第三年夏天，邻居们的菜园里都出现了西红柿。母亲慷慨地送给他们种子。只不过，西红柿发生了变异。它们不再像第一年那样又圆又大又红，它们的个头变小了许多。有一些，甚至变成了波浪形的番茄。我们不认为番茄是西红柿。

　　当牵吊果再次出现在我们眼前时，我们就会不假思索地说："假西红柿。"

　　我们厌恶一切假的东西。

四

　　雨天，父亲抱着一台晶体管收音机回来了。

　　父亲额头闪亮，眉毛里挂着细密的雨珠，下巴上缠着一块渗出几缕血迹的医用纱布。他从姨妈家回来的途中，搭乘的拖拉机发生了侧翻。可能是路太滑了，也可能是司机前一晚喝多了玉米烧酒。他像一袋沉重的玉米，被猛地抛出敞篷车厢。他爬满胡茬的下巴在玉米地里磕出一道口子，鲜血像蚯蚓一样钻进泥土。

　　另外一个雨天，父亲搭着梯子在檐廊上叮叮当当敲打着什么。地面像冰块一样湿滑，梯子正如父亲担心的那样，滑倒了。父亲从高空坠落，下巴被磨刀石坚硬的牙齿咬碎，鲜血染红了地面的一摊积水。在乡卫生院，母亲被父亲的伤口吓晕。父亲只好咬着牙，用手撑住破碎的下巴，以便唯一的一位医生给他缝合伤口。

　　还有一些清晨，父亲站在窗前高昂着脖子，手握刃口雪亮的剃刀对着镜子刮胡须的时候，也会有一两滴鲜血从他的下巴上像杏子树的花骨朵一样冒出。他毫不在意地用手指肚擦去,立即会有新的一滴冒出。他的下巴总是受伤,可是他从不吸取教训。有一道蜈蚣形状的疤痕,永恒地爬行在他渐渐变窄的下颌上。

这个上午,父亲把晶体管收音机抱得紧紧的,十根粗糙的手指紧扣在一起。好像只要松开其中一根,收音机就会从他怀里砰然落地。我想,他的每一根手指,都被汗水打湿了。他的每一根手指,都因被摁在长久的沉默里而窒息。他的每一根手指,都不容易。它们变得僵硬而又苍白。要过好一会儿,它们才恢复血色。

父亲身后,跟着姨妈家的表哥。表哥漂亮的嘴巴会像蜜蜂一样嗡嗡嗡地唱歌,两只轻盈的脚,会在水泥地板上起起落落,忘我地踩着节拍,好像他嘴里哼出的歌声来自那双脚。我也想拥有那样的一双脚。父亲把他从那个遥远的村子请来,是为了让他手把手地教我们调试收音机的频道,播放储存着歌声的磁带。

表哥拥有一双无比灵巧的手,它们旋转收音机上一个边缘刻着刻度的按钮,就会有不同的人在里面说话。它们把一盘磁带放进收音机的肚子里,摁下一个银色的键,就会有动人的旋律在房间里回旋。它们把银色发亮的天线拔高或者缩短,收音机里模糊难辨的说话声就会变得无比清晰。我也想拥有那样一双手。

父亲把晶体管收音机小心翼翼地放置在卧室的窗台上,母亲则用一条刚刚从集市上买回的红纱巾罩住它。他们总是把最贵重的东西放在卧室。各种证件和钢笔锁在箱子里,白糖罐放在窗台,鸡蛋储藏在第一格抽屉。父亲做木工活的那些工具,塞满了另外三格抽屉。抽屉和墙壁之间的空隙里,放着锯子和斧头。抽屈脚下，是一盒生锈的铁钉。床底下，是两双雨靴。

卧室越来越小，它只能容得下父亲自己做的那张嘎吱作响的床，只容得下他不规则的呼噜，母亲不知道收敛的笑声——偶尔是比裹脚布还要长的抽泣声。我们被早早地赶出卧室。我们不被允许在他们睡觉的时候出现在卧室。我们在二楼的另一间卧室睡觉。我们的卧室，头顶挂着玉米棒，脚下堆满了土豆，也很小。

每天早晨，他们中的一个，刚一起床，就站到窗台前，掀开红纱巾的一角，打开收音机，旋转按钮，转动天线。他们听新闻联播，听天气预报，听准点报时，午间和晚间也听广播剧和音乐节目。准点报时的时候，我们都被一个手势禁止说话。谁要是在此时说话，母亲就会噗哒噗哒地跺脚，脸上划过一道可怖的闪电。

她心情好的时候，会一边做着家务活，一边低声跟着音乐节目里的歌手哼歌。但我们不能看她哼歌，偷偷看也不能。如果看她，她的脸就会像夏日的西红柿一样迅速变红，她就会自嘲般地大笑起来。她扫地的手，就会变重。她打毛衣的手，就会悬在半空。她洗菜的手，就会浸在水里。

如果心情不好，她会沿着一条直线咚咚咚地走进卧室，啪的一声关掉收音机，然后谁也不看，再咚咚咚地沿着一条直线返回，最后消失于一扇门后。她所经过的地方，总是会掀起一阵小小的旋风，接着陷入可怕的寂静。

父亲从不唱歌，也没有谁见过他偷偷地哼过一句。他巨人般的身影在房间里移动的时候，我们把正要说出的话紧急收回，让它们在舌头上打转，让它们顺着发痒的喉咙回到肚子里。我们还会用牙齿把笑声咬住,而笑声太多了,脸被憋得通红。他是那样严肃,严肃得连空气都感到窒息。我们都离他远远的。

　　有一个冬天的晚上,父亲忽然来了兴致,坐到我身旁,命令我朗读课文。我把屁股钉在椅子上,十指紧扣,低头观看火焰玩变脸游戏。母亲正往炉子的嘴巴里添玉米芯。她每扔进去一个玉米芯,橙色的火舌就跟兔子一样呼地窜出炉子。我用沉默拒绝父亲。他火了。他大声命令我去把课本拿来,大声朗读,"否则今晚不许睡觉"。

　　我哭了。我哭着从书包里掏出语文课本,哭着朗读完一篇课文。朗读的时候,我不得不读两句就停一次。因为我声音哽咽,因为我不得不揩掉眼泪,揩掉鼻涕。泪珠打湿了课本上的方块字。黑色的字开始像蝌蚪一样游动,最后变得一团模糊。

　　父亲无名的怒火和炉子中干燥而又粗糙的火焰一样,渐渐熄灭。可他起身去卧室时,我感觉他身上的每一寸皮肤都还紧绷着。他的每一寸皮肤都还在生气。因为他走路的姿势,笔直而又僵硬,冷酷而又无情,见不到一个柔软的动作。

　　每次去镇上,父亲都会站在路边小店的柜台前喝一杯玉米烧酒,还会从唯一的一家音像店带回一盘磁带。有的只试听过一次,就再也没有播放过。有的被从早播到晚。可能是太累了,收音机的肚子里忽然发出一长串尖利的叫声——咯噜咯噜咯噜咯噜咯噜咯噜——破碎的歌声,像绳索一样绞在一起。

　　母亲小跑进卧室,一边啪的一声打开收音机的肚子,终止让耳朵饱受折磨的尖叫声,一边低声诅咒——"这个背时鬼"。

　　她站在窗前,垂首低眉,把衬衫衣袖挽到胳膊肘的双手抬到胸前，花很长很长的时间，如同一位缺少经验的母亲侍弄婴儿那样，使出浑身解数捣鼓磁带。

打满结的歌声，被她富有耐心的双手解开。

它们像以前那样，从我们家的窗台飘荡到村子里，最后消失在密不透风的玉米地里和村子空空如也的上空。它们无力抵达更遥远的地方。

我们也无力抵达更遥远的地方。我们把土豆皮削厚了，我们把米饭烧煳了，我们把新买的裤子磨出一个洞，我们不小心打碎了一只碗，我们没有把地扫干净，我们忘记了揩鼻涕，我们把手弄脏了，都会受到母亲的指责。

她指责我们的时候，我们不敢顶嘴。

我们沮丧地低着头，拉着脸，像收音机那样，任母亲在冬天总是会裂开一道道闪电的手指，在我们身上摁下一个个沉默的键。

五

村子里有疯狗。它们像受到刺激的酒鬼一样四处狂奔乱叫，它们毛茸茸的长嘴边缘淌着令人恶心的涎水。它们的眼睛是直的，视线是直的，耳朵也是直的。它们白森森的牙齿，能够撕碎村子里所有坚硬的东西。如果不幸被它们咬一口，你就会和它们一样汪汪汪地狂叫不已，最后不得不在痛苦中死去。

每天下午集合放学的时候，校长都会站在长长的队伍前再三叮嘱，"一定要避开那些狗"。他大声说话时，飞沫从他的嘴角喷溅而出，雾一样游走在第一排学生的脸蛋上、脖子上和回忆里。

校长拥有一口铁锈色的牙齿,一张方方正正的脸。他下巴上的胡须,从来没有刮干净。他嘴中的故事,从来没有结局。

村子里有人贩子。他们披着善良的外衣,口袋里装着花花绿绿的糖果。只要发现落单的孩子,他们就会亲热地迎上去,掏出糖果送到孩子喜欢甜食的嘴里,然后趁孩子失去意识时,把孩子拐走。孩子再也见不到自己的父母。他们经常对孩子说:"你不是我们亲生的,而是从马路上捡来的。"

村子里有器官贩子。他们披着善良的外衣,口袋里装着花花绿绿的糖果。只要发现落单的孩子,他们就会亲热地迎上去,掏出糖果送到孩子喜欢甜食的嘴里,然后趁孩子失去意识时,掏出刀子,剜出孩子漂亮的眼睛,桃子般大小的心脏。许多天后,人们将会在荆棘丛中发现一具孩子的尸体。

每天下午集合放学的时候,校长都会站在长长的队伍前再三叮嘱,"一定不要吃陌生人的糖果"。他大声说话时,飞沫从他的嘴角喷溅而出,雾一样游走在第一排学生的脸蛋上、脖子上和回忆里。校长拥有一口铁锈色的牙齿,一张方方正正的脸。他下巴上的胡须,从来没有刮干净。他嘴中的故事,从来没有结局。

没有疯狗、人贩子和器官贩子在村子里的下午,校长就会把我和另外几个同学请到长长的队伍前,让全校师生认识我们,记住我们,议论我们,孤立我们。校长咳咳嗓子,再三叮嘱:"明天一定不要忘了交学费。"他这样说话的时候,飞沫从他的嘴角喷溅而出,雨水一样游走在我们的脸蛋上、脖子上和回忆里。

我的回忆里,确实是一场又一场冰凉的雨水。我站在雨水中,脸忽冷忽热,像风干的牛皮一样紧绷。我不知道该把双手放在哪里,把双脚放在哪里,也不知道该把窘迫的目光放在哪里。我只好低着头,盯着自尊心受到伤害的鞋子。

我的鞋子里,藏着十个小矮人,它们并排躺在一起,一动也不动,却被细密的汗水打湿了脸颊。其中一个,就要拱出黑色的宫殿。

我的鞋子里,还游动着许许多多条鱼和许许多多的水草。母亲用红绿两色丝线绣在鞋垫上的鱼和水草,我走路的时候,它们咕噜咕噜地吐着气泡。

校长每天都起得很早,然后背着双手在空旷的操场上散步。早到的学生见到他,都会面露羞涩地停下脚步,毕恭毕敬地叫一声"校长好!"他把双手抱到胸前,笑眯眯地点点头。他给我们上数学课。每堂课,他都会留出十分钟,给我们讲故事:孙悟空三打白骨精、鲁提辖拳打镇关西。美妙的十分钟。

我们听得入了迷,忘记了他铁锈色的牙齿,忘记了自他的嘴角喷溅出来的飞沫,也忘记了那些不愉快的下午。我们希望所有的课都是数学课。我们还希望所有的那最后的十分钟,都能变得无限漫长,秒针永远抵达不了终点。

有一天,校长心血来潮,把我们班分成两个片区,每个片区又分成两个组。这样,每个同学都有了自己对应的新身份:班长、副班长;片长、副片长;组长,副组长;中队长,小队长;语文课代表、数学课代表、美术课代表、音乐课代表……

校长点名让我回答问题。我支支吾吾,面红耳赤。他问我在班上担任什么职务,我低声回答:"副片长。""副片长?谁给你封的官儿?我看你就是个骗子。"他这样说话的时候,那口铁锈色的牙齿格外醒目,也格外丑陋。

校长忘记了几个星期以前的事。我再也不想听他的故事。

六

门外响起一个单调而又尖锐的声音,停顿了一下,许多个单调而又尖锐的声音紧接着蜂拥而至。是金属在嘎吱嘎吱尖叫。它们灌进我们昏昏沉沉的脑袋,并在我们昏昏沉沉的脑袋里继续尖叫。母亲用短促的声调命令我:"快去把门关上。"

父亲正背对着我坐在空旷的院子里矫正锯齿。他把黑色的锯条固定在两只木马上。他弯着被太阳晒成紫色的脖子,侧着瘦削的半张脸,专心致志地工作。他的脚边,摆放着锈迹斑斑的虎口钳,黑色的三角锉,可以涂抹润滑油的刷子,受惊的空气。迸射着火星的嘎吱声,从他的前臂下发出,从他的胳膊肘下发出。

父亲制造出这些单调而又尖锐的声音,让我们的耳朵感到痛苦,让母亲以不容商量的语气命令我:"快去把门关上。"当我关上那扇吱嘎作响的门,它们即刻变钝。它们被一双手推远。它们环绕着房子。如果我不知道它们是父亲制造出来的,我会以为它们来自村子上空,我还会以为,它们来自遥远的山谷。

村子里的每一个人都听到了它们,但没有一个人走出房间。就像雨季,无数块乱石滚过屋顶时,所有的耳朵都被颤抖的双手捂住,所有的眼睛都在黑暗中因为恐惧而暂时失明,所有的嘴巴都发出了一声尖叫,但不会有人走出房间。

只有成群结队的蜜蜂嗡嗡嗡地飞过村庄上空时,人们才会纷纷走出房间,在蜜蜂的必经之地用干燥的艾草叶制造出大股浓烟。他们戴着草帽，身披透明的薄膜衣裳，在浓烟下方高高举起打扫庭院的扫帚。

只有成群结队的乌鸦呱呱呱地飞过村庄上空时，人们才会纷纷走出房间，把厌恶的目光箭镞般射进黑漆漆的云块，低声诅咒：该死的乌鸦。

只有成群结队的飞机飞过村庄上空时，人们才会纷纷走出房间，睁大疑惑的眼睛，沉默地目送它们消失。想象中的战火，在他们的脑袋里蔓延。

整个漫长的下午，父亲就那样坐在院子里矫正锯齿，直至黄昏的羽毛从石楠树浓密的树冠里纷纷掉落，堆积在他脚边。偶尔也有例外，父亲会把那些带着金属质地的嘎吱声，深深地嵌进暮色里。晚上，它们还在我的耳朵里嗡鸣。好像梦中还有一个父亲，正坐在星空下矫正锯齿，直至每一颗锯齿都闪闪发亮。

没有人去打扰父亲。他俯身拾起那把棕色刷子，给牙齿闪闪发亮的锯条涂上润滑油。润滑油冰凉如蛇的皮肤，散发着铁屑的苦涩味。有一次，因为不小心碰到滚烫的开水，我的手指跟胡萝卜一样红肿。父亲跑进卧室翻箱倒柜，什么也没有找到，最终，他犹疑地拿起那把刷子，给我的手指涂上一层油乎乎的油脂。

没有人去打扰父亲。他把木马放到檐廊上，拎着油光闪亮的锯子和虎头钳推门而入时，房间里扑进一股清新的凉意。我闻到了润滑油的味道。我闻到了父亲身上的烟草味儿。我闻到了十一月的气息。十月的云彩，刚刚在山顶燃烧完。

晚饭熟了。依然是土豆饭，依然没有菜，依然不需要餐桌。每个人端着一只碗，围坐在火炉旁。铁锅里的土豆，被一把锅铲翻来覆去地翻炒。每个人都拥有一个好胃口。咀嚼的声音，响彻灯光暗淡的房间。没有谁说话。没有谁讲故事。

晚饭后，才是故事时间。

父亲好几次差点死于自己的故事。一次，他差点死于一条河流。一次，他差点死于酒。一次，他差点死于一个事故。每一次，都是"差点"这个词语把他从死神冰冷的手里拽回。如果不是这个词语，他就不会坐在我们身旁。我们得感谢这个词语，顺带还要感谢发明这个词语的人。

下一个故事的眉毛刚到父亲的嘴边，我们就被母亲赶去睡觉。

明天一早，父亲将扛着长柄斧头、宽条锯子和一捆绳索，到森林里去伐木。

动物故事集

一

星期六和星期天，父亲总是命令我牵着牛去森林里让它们吃草，直到它毛茸茸的肚子像一只巨大的皮球那样鼓胀起来，我才能回家。否则，父亲就会黑着脸冲我说："你看看，它的肚子还是瘪塌塌的，你就跑回来了。"我害怕父亲脸上的怒火蔓延到他粗糙的手掌上，不得不在森林里待上一整天。

这头牛并非我们家独有，而是和村子里另外两户人家共有。鄂西方言里，我们把这种事情称作"扯伙儿喂"。堂伯父家拥有两只脚股份。我们家拥有一只脚股份。另外一户人家拥有的股份和我们家一样多。"我们有一脚。"父亲总是这样回应陌生人的疑问。我们轮流喂养。到了耕地的季节，我们也轮流使唤它。

刚刚买进那一脚股份时，它还是一头牛犊。两只牛角还没有完全冒出来，像两块藏匿在草丛中的岩石。我不敢触摸那对牛角。每次颤巍巍地伸出手，最终又颤巍巍地缩回。我的手上爬满锯齿形的恐惧。

它四方形的脑袋，装满鲁莽的想法。它圆鼓鼓的眼睛，有鹅卵石那么大。它沉重的蹄子，深深地踩进泥土里去，整个村子都随之下沉。

　　黑色的星期六和星期天。每次牵着牛去森林，我都像死过一次。父亲叮嘱我："你要走在牛的前面。你走多快，它就走多快。"可我总感觉它心怀叵测地追赶着我。它坚硬的牛角会挑破我的屁股，它结实的躯体会把我撞翻在地，它黑色的蹄子会把我踩扁。想着这些，我总是越走越快，快得就要窒息。

　　有的时候，我不得不壮着胆子停下来，小心翼翼地转过身，龇牙咧嘴地挥动胳膊肘，生气地跺脚，吓唬它："瞎眼了，你。"它喷吐着两股气流的鼻子，刚刚顶到了我的屁股。它的鼻子湿漉漉的。我模仿父亲的口吻骂它。可是它对我的警告不屑一顾。它看穿了我。我不知道怎么办了。我的脸涨得通红。

　　这个庞然大物昂着四方形的脑袋，越过我沾满泥巴的鞋子，越过让我周身毛骨悚然的恐惧，气度非凡地迈向森林边缘的草地。它毛茸茸热乎乎的肚子比路面还要宽阔，我不得不侧身给它让路。它的尾巴扫到我的脸颊，让我感觉像被仇人扇了一巴掌。一股令人作呕的味道扑进鼻孔。我紧皱鼻子，停止呼吸。我的全身开始发痒。

　　到达森林边缘，牛立即对我失去兴趣。它把我扔到一边，开始追逐滚动着露珠的青草和顶着亮黄色花序的野花。它伸出长着倒钩的舌头，把青草和野花卷进四个胃里。它方形的嘴巴里发出铡草机一样的声音"咕咕——咕咕——"，它的嘴巴嚅动着，它的四个胃蠕动着，它深不见底的肚子蠕动着。

　　我坐在一块干净的岩石上，看着牛怎样吃完草地上所有的青草和野花,又看着青草和野花怎样从牛高耸的屁股后面像雨水一样冒出来。只要一场足够长的雨水,被牛的舌头收割过的草地,就会长出更加茂密的青草,更加惹人怜爱的野花。

只要一场足够长的雨水,村子里就会多出许多年轻的父亲与母亲。

孩子们在雨季总是像泡桐树一样疯长。他们的身体里,装满雨水。他们像小牛犊那样在村子里疯跑的时候,雨水在他们的肚子里咕噜咕噜直响。

村子在小溪的那一边走动。每一栋用石头砌成的房子,都像一头行事鲁莽的牛。那么多的房子聚集在一起,其实是一群牛聚集在一起。牛群走动,村子跟着走动。我们家的房子,像牛的肚子,不停地膨胀。

我们总是在傍晚回家。牛毛茸茸的肚子已和脊椎一样高,里面装着春天的草地,夏天的草地,秋天的草地。只有冬天的时候,它才终日被关在干燥的圈栏里,一声不吭地啃食玉米秸秆和玉米壳,对角落里的羊和老鼠不闻不问。

父亲把一捆干燥而又粗糙的玉米壳抱到牛的面前时,从来不会忘记在上面喷上一层淡盐水。他端着吃饭用过的碗,像马戏团里会口吐火焰的魔术师一样,将盐水咕噜咕噜饮进嘴里,然后噗噗噗地喷出一场小小的雨水——含着盐分的雨水。

"牛在冬天需要吃一点盐,不然没有胃口。"父亲说。

深秋的时候,父亲赶着牛去犁土豆地。他的手中握着一根用竹条做的鞭子。但他永远只是象征性地挥舞着鞭子,那一道道在空气中炸裂开的细小闪电,从来不会真正落到牛背上。牛会感到疼，虽然牛皮很厚，比戳破谎言的手指还要厚。

这几天，牛每天都会吃到两顿热气腾腾的玉米糊糊。每一顿，都是满满一桶。它总是低下头，把四方形的脑袋没入桶中。它像在池塘里饮水一样，把玉米糊糊咕噜咕噜地饮进四个胃里。我站在很远很远的地方，都能听见咕噜咕噜的声音从它的喉咙里传来。它冒着热气的喉咙，深不见底。

"牛干活时需要吃一点粮食，不然没有力气。"父亲说。

有一次，父亲赶着牛犁地时，我提着篮子，撅着屁股在他们面前捡拾被犁铧捎带出来的土豆，夏天没有挖干净的土豆。可能是我的行为激怒了牛，也可能是它不喜欢孩子，它忽然停止劳作，昂着四方形的脑袋和两只硬邦邦的牛角，刨着蹶子，拖着犁具，怒气冲冲地向我狂奔而来。

一场灾难即将降临。

我的脸瞬间变得苍白。我呆立在原地，忘记了逃跑。是父亲及时阻止了这起悲剧性事件。他很快从惊愕中镇定下来。他攥紧手中的牛鼻绳，向身后仰去。他的双脚，像牛蹄那样深深地踩进潮湿的泥土里。他阴沉着脸，低声吼道："瞎眼了，你。"我从恐惧中缓过神来，不知道他是在骂我，还是在骂牛。

父亲继续犁地，继续阴沉着脸。他仍没有拿鞭子抽打牛的脊背。

很久很久以前，我们家喂有一头大黑牛。有人买下它，宰了吃肉。它已经衰老得不能犁地了。交易那天，它长久地跪在小溪边，不管买主如何用力牵动牛鼻绳，它都无动于衷。它的两颊上落了一场雨水，湿漉漉的绒毛凝结在一起。直到祖父走过去，对它耳语了一番，它才缓缓从地面站起来，对着天空长哞，叫声催人泪下。没过几天，买主捎来消息，赶在屠夫动刀之前，牛已绝食而亡。

很久很久以前，父亲患有严重的风湿病。犯病时，他因为浑身奇痒无比而在地上打滚，砰砰砰地撞墙。村子里的赤脚医生传授一偏方，把刚刚屙出来的牛屎在炉火上烘干，碾成粉末，冲水喝。祖父从另外一个村子用芭蕉叶带回一包热气腾腾的牛屎。母亲按照赤脚医生的方子，把它烘干，碾成粉末，冲了一碗水。

父亲端着这碗黑乎乎的水，始终没有张开嘴唇。

二

男孩刚推开栅栏门，一条黄狗就猛不丁地扑过来，离地而起，把两只毛茸茸的前脚搭在男孩的双肩上。它高兴地吐出一条又长又红的舌头，哈着热气，亲热地舔着男孩的脸颊。男孩歪着脸躲避着大黄狗的亲吻，右手抚摸着它的头部。

那是个俄罗斯男孩。他拥有一头金色卷发，一双比湖水还要蓝的蓝眼睛。他刚刚放学归来，书包还斜挎在肩上。黑色的栅栏在身后向村子里延伸。他黑色的靴子上沾满泥泞。道路上的积雪还没有完全融化。周遭灰蒙蒙的，天就要黑了。

这是语文课本上的一幅画。画的名字，谁知道呢？肯定不叫《伊万的童年》。那个男孩不是伊万。伊万没有快乐的童年，他的父母被德国军队杀害。而事实上，伊万也不叫伊万，而叫伊凡。一个虚构的男孩。他的故事也是虚构的。

我们家的黄狗和画中的黄狗一模一样，一样忠心耿耿，一样喜欢亲吻孩子的脸颊。许多个晚上，我们在村小学看完露天电影后，刚走到半途，它就从漆黑的夜色中奔到我们面前，跳起来，吐着舌头，亲吻我们，拥抱我们。它飞快地摇晃着粗大的尾巴，它呼哧呼哧地喘着粗气，好像我们分别了很多年。

可我们总是嫌弃它，嫌弃自它乱蓬蓬的皮毛里散发出来的味道，油腻腻的味道，热乎乎的味道，像苍耳籽和婆婆针一样粘在鼻翼前，叫人难受，也嫌弃粘在它粉色脚趾上的尘土。假若它的爪子碰到我们的衣角，我们总是会用手拍打几下；碰到我们的手，我们总是会皱着眉头，蹙着鼻子，用力地甩甩手。

它的皮毛里长满了跳蚤。它经常神经质地转过身去，咬住自己的尾巴，嘴里恶狠狠地哼叫。更多的时候，它用脑袋和脖子抵住粗糙的墙壁，用力摩擦。墙壁上长出一层滑腻腻的油脂。它的一身皮毛被磨得千疮百孔，好像穿着一件脏兮兮的破棉袄。可我们从未想过给它洗一个澡，给它涂满梦幻般的肥皂泡沫。

母亲偶尔会大发慈悲，往它乱蓬蓬的皮毛里撒一把白色的六六粉——有时撒在它臭烘烘的稻草窝里。它奔跑的时候，抖落皮毛的时候，六六粉刺鼻的味道在空气中弥漫。我们捂住鼻子，咳嗽不已。

它把跳蚤传播给我们。可恶的跳蚤藏匿在我们身上，猛不丁地叮我们一口。我们会像黄狗一样，忽然神经质地从椅子里跳起来，把手伸向大腿或后背，使劲地挠，嘴里骂骂咧咧。"格死狗日的。"大人们这样骂。我们也这样骂。

它陪伴我们度过了许多个冬天和夏天。那些冬天，因为它的陪伴，变得没有那么寒冷而又漫长；那些夏天，因为它的陪伴，也变得没有那么可怕。那些一无所有的日子，因为它的陪伴，开出了美丽动人的花朵。

它还活着的时候，我们就从父亲的口中，得知它原本是伯父家喂养的一条狗。那时我们还住在那几间泥巴房子里，它经常到我们家串门，母亲见了总是给它一碗残羹冷炙。久而久之，它就变成了我们家的狗。

父亲还说，打狗队在村子里横行霸道之时，是他和叔叔们费了九牛二虎之力把它藏在楼上才躲过一劫。不然，它早就被他们不长眼睛的棍棒结束了性命。那几个年头，村子里的狗几乎绝迹。父亲用手挠了挠脑袋，补充道。

它来我们家的原因，还可能是因为一条白狗。在村子里，和独居的老人一样，每一条狗都是孤独的，它们需要结伙搭伴地生活。白天，它们鬼混在一起，咬着耳朵说话。晚上，它们的叫声此起彼伏，遥相呼应。

这条全身净白的狗，没有给我留下多少印象，除了它的死亡。

清晨，有人发现它淹死在四叔家用来搭建猪圈的水池里。应该是误吃了鼠药，因为难以摆脱的巨大痛苦而跳了进去，围观者这么分析。它的肚子不再呼吸。它的脑袋悬垂于墨绿色的水面之下。把它从水池里捞上来的时候，它穿在身上的那件白棉袄变旧了，积水顺着它脏兮兮的尾巴直往地上淌。

它的身体变得格外沉重，格外冰凉，也格外轻盈。

它的嘴唇发黑。雪白的牙齿，紧紧咬合着。

它宝石般的褐色眼睛，失去了光泽。可痛苦与恐怖还未从它的瞳仁里散去。巨大的痛苦和恐怖，伴随着它的死亡。它痛苦的灵魂，在村子上空盘旋。

父亲倒拎着它的两条湿漉漉的后腿，把它拎回院子。父亲身后的泥土路上，多出两道不规则的水迹。水渍滴滴答答的，消失在院子里的一个角落。

没过多久，它就变成了一张蜷曲着的狗皮。灰白皮脂下的毛细血管清晰可见。父亲用树枝把它撑开，晾在二楼的檐廊上。苍蝇嗡嗡嘤嘤盘旋其上。它不再吠叫，不再奔跑，也不再摇头晃脑。没过多久，曾经柔顺光滑的皮毛，变得非常坚硬。

没过多久，一场雨水打湿了狗皮。狗皮内侧爬满青色霉斑和令人恶心的小虫子。狗毛变得粗糙而又脆弱，手指一碰就纷纷掉落。没过多久，那张狗皮不见了。

有一天，我在小溪里见到它，却已经不再认识它。

黄狗越来越老，比祖父祖母还要老。它的皮毛越来越蓬乱，越来越没有光泽，简直像一床烂棉絮，皱皱巴巴，打满了死结。大团大团深褐色棉絮，不时从它身上脱落。那些光溜溜的地方，苍白而空洞，不再长出新的狗毛。

它成天蜷曲着睡在稻草窝里，浑身散发出难闻的气味。它的耳朵耷拉着，陌生人从院子里经过，它也无动于衷。它污秽的眼角，挂着大团大团绿色的眼屎。即使扔给它骨头，它也没有什么兴趣。它的牙齿，摇摇晃晃，不再洁白锋利。

时间神秘的使者，从它身上拿走了太多的东西。我们还能对一条老态龙钟的狗指望什么呢？很多时候，我们几乎遗忘了它的存在。可是最终，它不是老死于那个既不避风也不避雨的稻草窝,而是死于一场意外枪杀。

那个春节期间,它像往年一样,被村子里此起彼伏震天响的鞭炮声和刺鼻的硝烟味赶进村子附近的森林,就再也没有回来。

父亲寻找到它的时候,它把杉树锯齿形的叶子堆在一起,压出一个狗形深窝。它毛茸茸的四肢与毛茸茸的耳朵已经变得像石头一样坚硬,肚子上的褐色毛发间淌着一道干涸的血迹。这道血迹,流进了黑色的泥土里。这道血迹,唤醒我们的记忆。

几天前,森林里曾传来一声枪声,只不过没有谁在意。那几日,村子被鞭炮的声音覆盖。鞭炮噼里啪啦的声音,像八月沸腾的葡萄藤,缠绕着每户人家的院子,缠绕着每个人的耳朵。

那具干瘪僵硬冰冷的尸体,被住在森林附近的一位老人拖回家去。老人的儿子,拥有一把令男孩子们羡慕的火枪。老人的儿子,是村子里少见的猎人。老人的儿子,喂有一群长着两只黑眼睛和两只白眼睛的猎狗。

没过多久,我们家里多出了两条被宰杀好的狗腿,瘦骨嶙峋的狗腿,血迹干涸的狗腿。父亲把它们挂在房间里最醒目的位置,让它们接受炉火的熏烤。

我们每天都能撞见它们许多次。它们撞疼我们的眼睛,撞疼我们的心。直至我们的眼睛和心变得又坚又硬,跟石头一样又坚又硬。

过不了多久,它们将被扔进铁锅炖烂,喂给正处于哺乳期的母猪。一群哼哼唧唧的小猪崽不分昼夜地拱着母猪两排纽扣般的乳头。

瘪瘪的乳房,瘪瘪的乳头。真是要命。

过不了多久,它睡过的稻草窝里,将出现一条父亲从秭归县带回的小狗。

这条狗,长大后将死于一场瘟疫。

这场瘟疫,和当年的打狗队一样,几乎让村子里的狗吠声绝迹。

三

羊群把我们带进山谷。山谷里的青草又高又密,我们任它们像云朵一样四处游走。我们用镰刀砍来蛇一般在地上爬行的葛藤,把吊床搭在青桐树之间。我们躺在吊床里,望着真正的云朵在山谷上方游走。金色的丝绸被子盖在我们身上。

松针般细密的凉意把我们从梦中叫醒。暮色已笼罩整条山谷。山谷变得又黑又暗。羊群不知去向。我们高声呼喊着羊,回声来自另外一条山谷。我们手握镰刀和恐惧,穿过浓密的森林和出没于脑袋里的幻觉,朝着回声摸索而去。

羊群带领我们回家。它们的肚子装满了青草,圆滚滚的,像雪绒球一样在暮色里滚动。它们的蹄子在山谷里和湿润的泥土路上,踩出一个个蹄印。那些小小的蹄印,在细雨天里,总是会积满雨水。牛路过时,它用沉重的蹄子踩碎它们。

两只母羊怀孕了。它们沉默地赶路,鼓胀起来的乳房,沉甸甸地垂向地面,短短的尾巴卷曲着。它们不再抬头叫喊。它们被赶进牛圈。牛圈里铺了厚厚一层玉米秸秆、玉米壳和叶面边缘比刀片还要锋利的茅草。那里干燥而温暖。

那个寒冷的冬天,我们家里多出了两只羊羔。

弧形绳索

一

盛夏之日,苹果树茂密的枝叶间,已挂满拳头般大小的果子。

我们的眼睛穿过椭圆形的叶子,在果子上长久停留。眼睛里长出雪亮的牙齿。牙齿间溢出苹果翠绿的汁液。汁液溢向舌尖。短短的几年之间,眼睛越来越多。祖父和祖母生有七个儿子,他们要掰着手指头,才能把孙子孙女数清楚。

金属的烈焰在天空熊熊燃烧,斑斓绚丽的花朵在阴影里兀自发光。我假装在苹果园附近玩耍。一条头冠迷人的毒蛇在池塘里游泳。它的皮肤布满密密麻麻的暗红斑纹,如同噩梦,闪着光。我想起森林里的毒蘑菇,那些颜色鲜艳的蘑菇,大人们总是禁止我们靠近。"最漂亮的蘑菇,有毒。"他们总是这样叮嘱我们。

整个村子被遗弃。金属的烈焰将人们赶进梦境的深渊。只有我们家的那条黄狗,躺在长廊上意味深长地望着我。它吐出的那条舌头,又大又红。那个时刻,我想把它的舌头扯出来,挂在它的脖子上。它喘着粗气,毛茸茸的肚子起起伏伏。我想踢破它的肚子。我还没有学会大人们故事中的催眠术,不能让它打起呼噜。

苹果树已成精。它向我扔来一条光芒四射的绳索。我忘记了那条头冠迷人的毒蛇，忘记了那条不怀好意的狗，也忘记了怦怦跳动的心。它们跳出我的身体，跌落到草丛中。我顺着那条光芒四射的绳索，神情恍惚地越过吐着火舌的荨麻，越过会在夜晚变成一条条小狗的狗尾巴草，越过一眼泉水，来到了苹果树下。

我仰着头，大大小小的果子高悬于夏日明亮的天空，像夜间缀满天鹅绒幕布的硕大星星。天空开始旋转，苹果树开始旋转，果子开始旋转。我开始旋转，我额头上的汗珠开始旋转，我的胃开始旋转。我被一阵晕眩袭击，无数颗星星在我额头上方一闪而逝。直到那只冒汗的手，像在梦境中触摸到冰块一样，触摸到一个透明轻盈的苹果。那个真实而又虚幻的苹果，让我和万物停止旋转。

我的口袋里装满青涩的苹果，还有像鱼一样蹦跳的心跳。在烈日的炙烤下，我埋头往幻想中的阴影奔去，却在池塘边猝不及防地撞上祖父笑眯眯的脸。

祖父站在烈焰下，望着我手中发光的苹果，狐狸一样咧着嘴微笑。一个苹果，因为过于紧张，滚落到茂密的水草丛中。

我脸上的皮肤开始发烫，沸腾。捧着苹果的双手，也开始发烫，沸腾。汗珠开始从沸腾的皮肤下面冒出来。它们从睫毛上滚进眼球，祖父开始变得模糊，最后变成一团幻影。它们顺着脸颊滚进嘴唇，通过味蕾向上颚扩散的咸味令人作呕。

我的眼睛重新变得明亮起来的时候，祖父消失了。首先消失的是他的脸，颧骨突出的脸。然后是山羊的脸。他的左脸颊，耳朵前方，长有一颗醒目的黑痣，像一只苍蝇叮在那里。接着是他的背影，消失于夏日那条冒着白烟的泥土路上。最后是他蹬着一双棕色凉鞋的脚，消失于路边的草丛。它们在泥土路上没有留下一个脚印。只有下雨的时候，那些脚印才从地底下生长出来，像蘑菇。

回到家中，谁也没有发现我。推开虚掩的房门，我猫手猫脚地将光芒渐渐暗淡下来的苹果藏到一格抽屉里。那个油漆褪尽的抽屉，是姨妈给母亲置办的嫁妆。苹果诱人的芬芳，被储存到一个封闭的空间里。当它们在那一格抽屉里来回滚动的时候，那股诱人的芬芳也跟着来回滚动。苹果的芬芳，是圆形的。

苹果还很坚硬。咔嚓一声咬下去，一排齿痕醒目地留在果肉上。牙齿开始发酸，酸得立即就要掉落。苹果籽还是米白色的。如果不小心将它们咬碎，就会有熟悉的苦味被舌尖回忆起——母亲让我断奶时，会偷偷往她的乳房上涂满亮黄色的胆汁。如果不小心吞下去，就会有一棵苹果树从嘴唇里或耳朵里钻出来。

抽屉很快就空了。

我和堂弟堂妹假装在苹果园附近玩耍。这一天，我们没有看见头冠迷人的毒蛇在池塘里游泳。我们家的黄狗也不知去向。除了聒噪不休的蝉鸣，村子好像空无一人。可是我们刚刚爬上苹果树，祖父巨人般的身影就出现在池塘边。怒火在他瘦削的脸上熊熊燃烧。骂声在苹果园里回旋。

我的脑袋里嗡嗡响，它变成了一只蜂桶。我们颤巍巍地站立在苹果树脆弱的枝丫里，忘记了苹果树的存在，也忘记了苹果的存在。虽然它们就悬垂于我们触手可及的头顶。我们滚烫的脸颊和狂跳不已的心脏，一起接受烈日的炙烤。

祖父绿色的双眼喷吐出骇人的火焰，僵硬的双手在胸前狂怒地挥舞。"我要打死你们！一群短命鬼。"祖父冲我们嚷道。他的牙齿变得又长又尖，他变形的脸，布满了闪电和雷霆。我们这时才像受惊的青蛙，扑通——扑通——，纷纷跳进苹果树下的魔芋林。干燥的阴影将我们吞进巨大的肚子里。

我们躲在阴影的肚子里，咬碎呼吸，像咬碎胆汁一样苦的苹果籽。巨大的心跳声在干燥温热的泥土上像皮球一样跳跃，最终碰撞到一起，堆积到一起。

我们的口袋里装满恐惧。恐惧令我们全身发冷。遥远的冬天提前到来了。我们颤抖着等待死神的降临。我们从未见过它，希望它像春天的苹果花一样美丽。那雾一样的苹果花，雪一样的苹果花，我们从未留意的苹果花。

死神没有降临，祖母降临了。她的黑布鞋水蛇一样游到我们面前。她冰凉而粗糙的手，散发着肥皂香味的手，把我们从窒息的阴影里救出。我们像溺水者，终于浮出晃荡着无数金币的水面，有点晕眩。她还往我们潮湿而僵硬的手中，塞进两个透明的苹果，她顺手从苹果树上摘下的。

祖母挽得完美无瑕的发髻上，别着一只黑色发卡。一枝抽象的梅花，爬行在她不再乌黑油亮的头发上。从苹果树枝叶间漏下来的一缕阳光，打在她的脸上。她的脸闪闪发光。靛蓝底碎花衬衣，穿在一阵风的身上。祖母就要飞起来。

祖父仍站在原地，骂骂咧咧，燃烧在脸上的怒火直到黄昏时分才熄灭。

祖父漫长的一生，都与怒火为伍。

二

祖母在园子里忙碌,撅着生养了七个儿子的屁股。

园子里长满了比祖母还要高的苎麻。苎麻宽大的叶子连缀在一起,叶子上让人发痒的绒毛连缀在一起。祖母手持刃口雪亮的镰刀,把苎麻灰色的皮剥下来,抽成柔软的细丝,晒干,绾成一团,放到针线篮里——总有要用的时候。

很久很久以前,祖母应该拥有一架纺车。

园子北边曾生长着一棵石榴树。它在五月吐出火焰般的花朵,在十月结出碗口大的石榴。我们从未见过那么大个儿的石榴。饱满多汁的石榴籽,沿着记忆的绳索,在父亲的唇齿之间爆裂。时间酿成的甜酒,在他的舌尖弥漫。

向我们描述这一切时,父亲下巴上爬满一圈胡须的脸,笼罩于往事的光晕之中。他瘦削的日后将在一个雨天摔碎的下巴,像是从往事里浮出来的一块岩石。

西边的悬崖上生有一丛波斯菊,那是村子里唯一的一丛,镇子上唯一的一丛。到时间了,它就在悬崖上燃烧起来。我猜,它褐色的茎秆里面,藏着流动的时间之钟。不然,它怎么知道什么时候开花呢?它为什么不是三月开花,而是选择了九月?我远远地望着它,就像望着一个用九种颜色的花瓣精心编织的梦幻。

我被禁止靠近。我的手,总是不由自主地伸向它。

离波斯菊不远的地方,还有一丛结香。我们不这样叫,而是称它们为梦花树。它们总是先开花,然后才长出密不透风、柔软而又脆弱的绿叶。它们的枝条韧性十足。用梦花树的枝条绾一个结,同时许一个愿,便可成真。祖母说。

祖父送给了我一株梦花树。我把它栽到花园里。第二年春天,它就开花了。现在,它还在开花。它从未忘记这件事情,而我早已忘记当初许了一个什么愿。

祖母还在园子里忙碌,撅着生养了七个儿子的屁股。

她有时会跟种在园子里的苎麻说话,也会跟其他什么植物说话,听起来像是喃喃自语。祖母总喜欢喃喃自语。天底下所有的祖母好像都喜欢喃喃自语。谁也不知道她们在说些什么。她们爬满皱纹的口腔嚅动着,爬满死皮的嘴唇喃喃翕动着,像是念经。可祖母并不信佛,她只是在咒骂他人时,才会频频提到菩萨。

有一天,祖母一边在园子里握着锄头干活,一边以一种奇怪的唱腔高声歌唱:"天上的大菩萨耶,天上的小菩萨耶……"我和哥哥在森林里放羊,竖着耳朵,辨认出了从祖母口中溜出来的咒语。她是在咒骂我们。

我们被突然而至的恐惧驱赶到更远的地方。

园子入口处悬着一条弧形绳索,上面晾着好多条床单。鹅黄色床单,亚麻色床单,青花瓷床单,竖条纹床单……祖母中午晾上去的。她一个上午都蹲在溪边,握着一只棒槌,啪啪啪地捶打浸水的床单。现在,它们在风中鼓荡,像是要挣脱绳索,载着村子飞起来。村子里浮动着肥皂的清香。村子被一条条床单覆盖。

那个时候,祖母和祖父还住在祖宅里,没有结婚的叔叔们也跟他们住在一起。那几间房子,又黑又小。窗子是六边形的木格窗,窗子下边的石块上雕刻着牡丹花,那些雍容华贵的花朵永不凋谢。窗户后边是一个天井,下雨的时候,所有的雨水都会汇集到这里。"肥水不流外人田。"他们这样说。

我在祖母祖父的卧室睡过一晚。祖母抱着我。

在那张吱吱嘎嘎作响的木床上,祖母在二十年间,先后孕育并生下了七个儿子。祖母的腹部,一次又一次像丘陵一样隆起,像天空一样隆起,直至它精疲力竭。

鼓励生育的年代,许多新婚夫妇,都希望多生几个儿子。"儿子多,好打架,不受外人欺负。"他们总是这样笑着说。母亲也曾这样笑着说,当着我和父亲的面。祖母把这件事情做到极致。村子里,再也找不出第二个生育过七个儿子的母亲。祖母无论走到哪里,都会因为这件事而引起一片啧啧声。

祖母的母亲,是祖父的姑姑。祖母是祖父的表妹。他们从小就认识,青梅竹马,两小无猜。成年之后,两人顺理成章地结为夫妻。祖母去世以后,她的一个儿子说,他们竟然没有生下一个长猪尾巴的孩子或一个智力有缺陷的孩子,真是菩萨保佑。

祖母依然在园子里忙碌,撅着生养了七个儿子的屁股。

园子里总是有着干不完的事情。那些事情像杂草一样,从园子里没完没了地冒出来,纠缠着祖母的腿脚和双手,纠缠着她的眼睛和鼻子,纠缠着她的嘴巴和耳朵。忙完了春天的事情,秋天的又来了。即使是冬天,照样也有事情要干。

祖母的一生,就耗费在园子里。

三

我们最初住在几间泥巴房子里,用石头和泥巴盖起来的房子。父亲说,那是他和叔叔们盖起来的。父亲说,那一年他十七岁。

我想象不出父亲的十七岁。我不是祖父，也不是祖母。我没有见过他的十七岁。我所能见到的年龄最小的父亲，是在一帧黑白登记照片上，但照片上的他肯定不止十七岁。虽然那时他还没有遇见我们的母亲。他微微豁着嘴唇，侧视镜头，白衬衫和灰色中山装的衣领扣着脖子。中山装第一颗纽扣下方有一个黑色小洞。

我惊讶于父亲的英俊。可是我没有继承到他的身高和英俊。哥哥也没有。在我们的身体里，父亲的基因被母亲的基因打败。我们的外貌特征和性格，都像母亲。想起这件事，我们就会保持沉默。我们都在想象另外一种可能性。而这种可能性，让我们更加沉默。我们沉默，是因为我们并不能改变什么。

我们在这几间泥巴房子里住了好几年。我出生后的第三年，我们搬到了新房子里。奇怪的是，我仍然对那三年间的生活持有部分记忆。我一直以为，自己能追溯到的最早的记忆，至少得从五岁开始。可并不是这样。

我记得厨房里黑乎乎的墙壁和横梁，就像被黑色的油漆漆过一般。记得镶嵌在屋顶的两匹亮瓦，两只长方形的眼睛，从天上望着我，像白雪一样刺眼。雨天的时候，它们会止不住地流泪。记得水快烧开时，水壶的圆肚子会咕噜咕噜地鸣叫，像有几个鸡蛋在里面滚来滚去。不一会儿，它嘟囔嘴巴吹响尖利的哨子。

一个家人不知去向的日子，闪电拎着冰冷的刀子划过大地，我孤零零地坐在挂着一把锁的门前，颤抖的身体里装满恐惧。叔叔送给我一把高粱秸秆。我用牙齿咬开高粱秸秆锋利的壳，咀嚼藏在瓤里的甜。我的嘴唇被划开一道口子，我的一根手指也被划开一道口子。秸秆上沾着淡淡的血迹。

一个雨天，我站在熊熊燃烧的火炉前，左手拿着一颗捡来的鞭炮，右手用一根火柴点燃引子，砰——鞭炮在我的左手中爆炸。我受到惊吓的左手在一阵战栗中失去知觉，大拇指的半个指甲不翼而飞。过了好一会儿，钻心的疼才在大拇指和食指发黄的指肚上燃烧。我咬住嘴唇，蹲到地上，不让哭声溜出来。

我甚至隐隐记得床褥的潮湿，挂在床头上方的草席，雨脚敲打牛毛毡屋顶发出的响声，哥哥半夜在夜壶里撒尿的声音，但是我不记得我睡在哪个房间，又是跟谁睡在一起，不记得家人的面孔，也不记得他们的声音。他们都像影子，无声无息地在我的记忆里游走。他们都像影子，让我拼命想象他们。

隔壁住着三叔一家。隔壁的隔壁，住着祖父祖母。祖父家的隔壁，住着祖父的哥哥与弟弟。他们的房子勾连在一起。祖父家的房子与他哥哥家的房子共用一面墙壁，也与他弟弟家的房子共用一面墙壁。他们还共用一个天井，用光滑漂亮的石板铺成的天井。祖父的弟弟曾在一块松动的石板下，挖出一只翡翠手镯。

我们家和三叔家也共用一面墙壁，还共用一个地面坑坑洼洼的堂屋，一个贴着领袖像和春联的香火台，一个从来没有装上大门的门框，一条在雨天总是会被淋湿的檐廊，一个长满了车前草、蒲公英、婆婆纳、灯笼花、蓟草和鹅儿肠的院子。生机勃勃的院子。荒凉的院子。三婶喂养的鸡群，总把头冠埋进杂草间。只有生蛋后，母鸡才抬首挺胸地在院子里奔走邀功——"个个大——个个大——"

檐廊上坐着一副巨大的石磨。磨盘比牛的肚子还要大，磨扇比牛的肚子还要圆，活像一尊弥勒佛。邻居们都来这里磨玉米。他们扛着一袋袋玉米到来的时候，院子里燃烧起快活的气氛，像是过节。两个男人双手紧握光滑发亮的磨杵，推动沉重的石磨，女人往石磨黑乌乌的眼睛里喂玉米。石磨开始吱嘎作响。

吊在磨杵上方的绳索，开始吱嘎作响。时间之轴，开始吱嘎作响。

整个村子，开始吱嘎作响。

二楼的窗子边上挂着一只长方形的木匣子。每天上午八点，那只木匣子就呲呲呲地叫起来。有人开始在里边说话，是一个中年男人的声音，有时是一个中年女人的声音。他们的声音总是交替出现。谁也不认识那个男人与那个女人。他们躲在木匣子里，从不露面。他们的工作，就是呜里哇啦地说话。

没有人关心他们说些什么。人们唯一关心的是整点报时。每次敲响报时的预备钟时，他们就会把手中正在忙活的事情停下来，齐刷刷地望着那只木匣子，竖着耳朵，张着嘴巴，等着报时。好像他们生活的全部意义，就是等着报时。

时间被囚禁在木匣子里。

我们搬到新房子后，父亲认识了一位广播站的播音员。父亲受雇于他，开始在雨天做木匣子。漂亮的木匣子，能说话的木匣子，能整点报时的木匣子。它们被挂在镇子上其他人家的墙壁上。每户人家的墙壁上，都挂着一个漂亮的木匣子。

"十块钱一个。"父亲站在煤油灯前，一边蘸着唾沫数钞票，一边对母亲说。

父亲巨大的身躯，占据了整个房间。他的两条大腿斜长在地上，胸部以下的部分，比一整面墙壁还要宽阔，那么大的一颗脑袋在黑色的楼板上晃动，两只粗壮的手臂，在另外两面墙壁上爬行。房间太小了，父亲只能把自己折叠起来。

母亲站在父亲旁边，我们看不见她。她被父亲的影子覆盖。母亲的一生，都被父亲的影子覆盖。

四

祖父在水井里挑水。他的脸和上半身倒映在水面。木桶张开嘴巴像马一样咕噜咕噜饮水时，祖父的脸开始融化，一圈圈漾开，然后消失。他提起木桶时，他消失的脸又从四面八方汇聚到一起。他往回走时，冒着热气的水在木桶里晃荡。碎裂的天空在木桶里晃荡。他的倒影在木桶里晃荡。可它们仍然没有离开木桶。

我站在池塘边，远远地望着祖父穿过我们家的院子。他的背有点驼，头发却还是一团乌黑，见不到一根白发。他的脚步一颠一颠的，像跳舞，更像是身后有一条恶狗紧追着他。我站在池塘边，看着一只膨胀的木桶朝我的眼睛撞过来。我把池塘里的那块镜子扔到一边——我准备镶嵌到窗户上的镜子，它闪烁着寒光。

"到我们家玩去。"祖父在木桶后笑眯眯地向我发出邀请。那只木桶在我面前旋转。祖父左脸颊上的那颗黑痣，格外醒目。我的双脚违背母亲的叮嘱，朝祖父家走去。玻璃般的水声在我身后晃荡。祖父微微的喘息声在我身后晃荡。祖父沉重的脚步声在我身后晃荡。我还听到嘎吱嘎吱的响声，从祖父的身体里传来。

祖母端着一只果盘，踱进厨房。果盘里有一条长胡须的蓝鲤鱼游动。它从不喝水，也从不睡觉，眼睛眨来眨去，摆动着尾巴。祖母弯下腰，揭开一只陶瓮的盖子。她胳膊肘以下的部分，被陶瓮深不见底的肚子吞没。手肘重新出现在她身上的时候，果盘里多出一样东西,是用烤焦的麦芽糖和玉米花混合而成的一种零食。

麦芽糖的甜味属于我,玉米花的香味属于我。它们让我的手显得很小很小。但盘子还是祖母的,那条鲤鱼还是属于祖母的。祖母从未想过要将它从果盘里捉起来,扔到油锅里。祖母一生可能都没有吃过鱼,我想象她慢吞吞捋鱼刺的样子,显得特别滑稽。她嘴角鱼鳞般繁衍的皱纹,比老猫翘起来的银胡须还要多。

这天是农历大年初一。人们都喜欢清晨有一个男孩子到家里做客。"送财童子来啦。"他们喜笑颜开地欢迎。如果是女孩子,他们的脸上就像打了一层霜。这一天,女孩子都被禁足,哪儿也不允许去。"你若去了,人家会不欢喜的。"母亲们总是这样叮嘱女儿。她们早已忘记,她们还是个孩子的时候,在这一天有多想出门。

回家后,母亲没有责备我,尽管我的嘴角和手中都还沾着麦芽糖的甜味和玉米花的香味。这一天可以是一个例外。这一天之后,我的特权就被没收了。父亲和祖父不说话。母亲和祖母不说话。他们在村子里碰到了,都把脸扭向一边。

祖父和祖母都不爱父亲。父亲和母亲结婚后,仅仅分到一筐土豆和很少很少的玉米。如果不是外婆和姨妈接济,他们很难熬过那个冬天。河谷地带的冬天又漫长又寒冷。如果不是外婆接济他们的高粱米暖和他们的胃,就不会有我们兄妹了。粗糙的高粱米,香喷喷的高粱米,让母亲有力气怀上了第一个孩子。

祖父和祖母都不爱父亲。雨季的一个清晨,在一起争吵事件中,父亲被他最小的弟弟打倒在地。从玉米地里赶回来的祖父,从墙角抄起棍棒,扬言要打死父亲。从玉米地里赶回来的祖母,像一头发疯的母兽,在围观的人群面前捶胸顿足,用世上最恶毒的语言诅咒父亲。她发白的舌苔上长满可怕的荆棘。

这个雨季的清晨,父亲躺在地上,因为疼痛、伤心和屈辱,蜷缩成一团。他像一个失聪者,听不到任何声音。他们的脚,远远地踢踏着。他们的手,戳着他的鼻子。他们的脸,扭曲变形。父亲被彻底激怒,冲回家坐在磨刀石前,沉默地磨着一把锈迹斑斑的尖刀。他在逐渐变得雪亮的刃口上,照见了自己陌生的脸。

祖父和祖母都不爱父亲。一个黑漆漆的夜晚,祖父来到我们家院子,请父亲到他们家商量一件事情。母亲从祖父阴沉的脸上嗅到危险的气息,阻止父亲,却没有成功。激烈的争吵声和打斗声随即从我们住过的那几间泥巴房子里传来。

夜晚巨大的胃,不安地痉挛着。它被父亲压抑的抽噎声填满。他耸动着的胸部,像一个年久失修的风箱,发出令人心悸的声响。我们躺在黑暗中,不敢翻身,不敢呼吸,不敢发出任何声音。我们睁着眼睛,什么也看不见。

第二天上午,祖父在一片狗吠声中踱进父亲的卧室,手里拿着来历不明的药丸。父亲拒绝了祖父的问候与药丸。"他昨晚怄得抓破了一条床单。"母亲说。"整个枕头都被泪珠子湿透了。"母亲继续说。祖父一声不响地离开了。祖父心事重重地离开了。我们都不欢迎他。"假仁假义,假慈悲。"我们冲着他的背影说。

祖父和祖母都不爱父亲。祖父把闪烁着寒光的锄头高举过头顶,发疯似的挖掘我们家的院子。院子里的水泥地上迸射出火花。祖父是一个疯子。祖母坐在我们家的客厅里撒泼,呜呜呜地哭泣。祖母是一个疯子。我们都离开房间,带着无可奈何的愤怒。祖母停止哭泣。她的表演,需要观众。

祖父和祖母都不爱父亲。我和父亲从镇上回来,祖父正在猪圈门口忙碌。祖母喂养的母猪刚刚生了一窝小猪仔。祖父听见脚步声,抬起头,远远地冲我们说:"回来了呀。"父亲愕然地点点头。我们与他擦肩而过时,他把脖子伸进黑黝黝的猪圈。他的脸埋没在阴影里。"你爷爷刚刚把我认成你三叔了。"父亲说。

父亲的一生,像个孤儿。

五

两间漂亮的新房子,像蘑菇一样,从那两间祖宅外边的空地上冒出来。是祖父和祖母盖的新房子。他们那间黑黝黝的卧室保留着,那面结实的与别人家共用的墙壁保留着,头顶铺着黑色竹片的后廊子保留着。那是村子里最早出现的平房。

四叔要结婚了。祖父祖母和没有结婚的叔叔们,搬到了我们住过的那几间泥巴房子里。他们扫除房间里的蜘蛛网和灰尘,爬上屋顶修葺破损的牛毛毡。他们在窗子上钉上崭新的胶纸,在火炉里烧出新鲜的火苗。厨房里又飘荡出呛人的油烟味。祖母在烟雾中握着锅铲弯腰咳嗽。她臃肿的影子游荡在厨房和猪圈之间。

婚礼那天,唢呐在堂屋里奏鸣,我站在新房客厅里的一把椅子上,高昂着脑袋在一架壁橱里翻找幻想中可能存在的宝贝。椅子滑倒了,我仰面跌落到地面。我的后脑勺撞到火炉坚硬的角,钝痛。伸手一抹,满手猩红,鲜血像西红柿的汁液。我哇哇大哭,父亲把我抱在怀里,禁止我哭泣。三叔取来镊子和纱布,帮我包扎伤口。他是一个从未公开出诊的乡村医生。

我的后脑勺留下一道疤痕。那个地方,再也没有长出新的头发。只要触摸到这道疤痕，我就会想起这件伤心事。我的双手、双脚和大腿，都留有类似的疤痕。时间没有让它们消失。每一道疤痕，都替我记着一件不同寻常的往事。许多事情我其实早已忘记，是视觉和触觉帮我恢复了记忆。消失多年的疼痛感，总是会在记忆复苏的那个瞬间重新爬到疤痕上。但疤痕不会重新裂开。

新房卧室的壁橱里放着许多牛皮纸信封。每只信封上都贴着一枚好看的邮票。我试图将那些盖着一个邮戳的邮票撕下来，但它们粘得太紧了。信封里还装着许多帧照片。照片上的四婶很年轻，站在陌生的地方冲着镜头微笑。她曾在陌生的地方工作。我们把那个地方叫作县城。现在，她不得不在村子里生活。

四叔会画画。他画了厚厚的一本画册：老虎在丛林里游荡；猴子攀在树枝上；马群在奔跑；鹦鹉在唱歌；黄牛在沉默地走路，顶着一对倔强的角；狗歪着方形脑袋，摇晃着尾巴；猫咪从拐角转过头来，邪恶地盯着你；公鸡在打鸣，胸脯挺得老高；母鸡在觅食，身旁滚动着绒线球般的鸡雏。还有许许多多陌生人的肖像。

谁也不知道四叔跟谁学的画画。他是一个沉默寡言的人。沉默寡言的人总是拥有许多不为人知的秘密，也总是拥有许多让人惊叹的天赋。只不过，那些天赋，有时会被无视和浪费。那本画册，最终都被四婶一页一页撕下来，给堂弟擦了屁股。堂弟成年以后，在他们家的院子里办过一个小型画展。几十幅静物画，挂在一条晾衣绳上。陌生人的肖像，陌生的陶罐，陌生的苹果，陌生的向日葵。

五叔要结婚了。在父亲和叔叔们的帮助下，他在园子西边盖了几间房子。园子已经荒芜，满园的苎麻只剩下寥寥几株。春天的时候，满天星开满园子。蝴蝶围绕小小的太阳跳舞。它们的身体那么轻盈，简直像梦一样轻盈，没有一丁点重量，看起来很不真实。而祖母和她的影子越来越臃肿。村子里的祖母都是臃肿的。

六叔要结婚了。他拆掉了三叔一家住过的那几间泥巴房子——三叔一家四口在一个夏天（也许是冬天）搬到了溪流西边的一片山坡上。他们在那里盖了几间石头房子，离我们的房子很远。他还拆掉了那个地面坑坑洼洼的堂屋，拆掉了许多门和窗子。他还拆掉了我们许许多多的记忆。

我曾和哥哥、堂弟躲在他们家的储物间抽烟。堂弟从他们家二楼的床铺下找到一包香烟。香烟皱皱巴巴的，没有过滤嘴，烟丝爬满灰色霉斑。我们带着隐秘的狂喜，一边学着大人的模样从鼻孔里喷吐烟雾，一边捂着嘴巴剧烈咳嗽。

我曾和祖父在三叔一家住过的某间没有窗子的卧室同睡一床。被褥潮湿，霉菌的气味在鼻翼前游走。祖父很谨慎地打着呼噜。我整晚都没有睡着，默默等待天亮。然而，天亮了，我们也不知道。我们凭着对时间的模糊记忆起床。

六叔在废墟上盖了两间新房，迎娶他美丽的新娘。

声音博物馆

一

屠夫穿过村子时，天还没有亮。他没有打手电，因为遍地是雪——即使没有雪，没有雪一样白的月亮，也可以不打手电。生活在这儿的人，都说过同一句话：闭着眼睛都可以在村子里像风一样跑。屠夫脚蹬一双深黑长筒靴子，双臂套着油乎乎的袖套，手里拎着一只寒光乍现的竹篮，脚下的积雪咔嚓咔嚓作响，脚印一边深，一边浅，时不时有白雾从他嘴中喷出。他是一个身体强壮得赛过一头公牛的胖子，一脸粗硬的络腮胡，徒手扳得倒一匹马，天生是做屠夫的料。村子里的狗见了他，都瑟缩着脖子，夹着尾巴，躲得远远的，告饶似的哼哼着。男人和女人们都说，屠夫身上有一股煞气，妖魔鬼怪和狗都不敢近身。

男人们起得更早。赶在屠夫到来之前，他们就已在空地上扒开厚厚的积雪，挖好灶，烧了一锅汩汩沸腾着的水。此时，他们正围着那口灶蹲着，比粗布还要干硬的火光，烤红了他们胡子拉碴的脸庞和指关节粗大的双手。空地上方吊着一颗六十瓦的灯泡，整个院子都亮如白昼。女人们系着围裙在厨房里忙碌，人影憧憧，水雾缭绕。她们时不时地走到室外，伸长脖子望一眼有一搭没一搭谈着天的男人们，不安地用围裙下摆擦拭着双手。和丈夫翻看老皇历定下屠宰年猪的日子之后，她们就叮嘱孩子们要保守秘密，尤其不能在猪圈和靠近猪圈的地方公开谈论这件事："如果它们听见了，就会绝食。"在那个日子到来之前，再给猪喂食时，她们潮湿的目光总是会长久地停留在它们身上。她们说话的语气变得温柔。你不知道她们在想些什么。

屠夫到了。男人们远远地就闻到了烧酒的气味。"个狗日的，酒还没有醒。"他们面面相觑，窃窃私语。打过招呼，屠夫在那片已经被清理过的空地上跺了跺靴子，径直走进院子，把手中的竹篮哐当一声搁到走廊上——里面一溜放着七八柄寒光闪闪的尖刀，一粗一细两条铁钩，一条随意折叠起来的皮质围裙。男人们也走进院子，与打着酒嗝的屠夫嘀嘀咕咕说着什么，白雾一团一团地自他们嘴里喷出。随后，他们走进房间，围着呼呼直笑的蓝色炉火喝茶，抽烟，吹牛。当预设的闹钟在屠夫脑子里敲响，他就起身从冰冷的篮子里拿出那条更加冰冷的细铁钩，尾随男人们朝猪圈走去。几条巨人般的黑影，覆盖了猪圈，压扁了猪圈。猪们大概还在做美梦，雷霆般的呼噜声起伏。最先是一阵美梦被惊醒的哼哼声、凌乱的脚步声和男人们低沉短促的命令声，接着便是一阵震天价响的尖利嘶鸣。那一准儿是屠夫将铁钩捅进了猪嘴里。巨大的疼痛和恐惧，迫使它发出巨大的悲鸣。村子里的狗开始吠叫。一只，两只，三只……所有的狗都跟着叫起来。

一切都是徒劳。屠夫在前边拉着那条冰冷的铁钩，男人们则拽着猪的耳朵，揪着猪的鬃毛，抓着猪的尾巴……在一长串歇斯底里的悲鸣声中,他们把猪从锦衣玉食的美梦中拽到了那片正被灯光照耀着的空地上。一个结实的屠宰凳正等着它,一只撒了些许盐粒的洋瓷盆正等着它,一锅滚烫的沸水正等着它,一篮子磨得雪亮的尖刀正等着它。猪在悲鸣,猪在嚎叫,猪在反抗。孩子们被惊醒。猪绝望的悲鸣,像一道道雪亮的闪电,在天使们内心深处的空旷地带裂开,无数个回声,就像森林里潮湿的落叶,叠在一起。他们被警告不要靠近那片空旷之地,那里正进行着一场事先张扬的屠杀。女人们心神不定地徘徊在走廊上,间或探出脑袋朝着男人们正忙碌着的空旷之地张望。在最关键的时刻到来之前,她们捂着脸转过身,旋即心有余悸地返回厨房。

"它们的一生真是可怜。"女人们叹息着自言自语。天可怜见,每一年,她们都会把这句话重复一遍。可每一年,她们都不得不养猪。这是她们一年中也是一生中主要的工作之一。每天天不亮,她们就得把自己从睡梦中拎起来,像梦游症患者那样迈向遥远的庄稼地——春天的庄稼地、夏天的庄稼地、秋天的庄稼地、冬天的庄稼地,割回鲜嫩的鹅儿肠、蓟菜、青蒿、金丝草、灰灰菜或碧绿的萝卜菜,割回洋芋藤和红薯藤。即便是暴风雨袭击村子的日子,她们也得毫不犹豫地冲进雨幕,沿着溪水寻找芭蕉叶和野芹菜。不然,那些饿死鬼就会不停地用吸盘似的圆鼻子拱圈栏门,还会发出令人心烦意乱的嚎叫。

这会儿,猪终于停止了嚎叫。它的血已流干淌尽,脖子上的血迹几近凝固。它再也发不出一个响亮的声音。它一动不动地躺在屠宰凳上,像是重新进入了梦乡。它的眼睛圆睁着,但瞳孔已经散去,昔日神采远遁。气喘吁吁的男人们围着这头庞然大物,刚开始好像有点儿不知所措,但很快就行动起来。——几日前,其中一个孩子,已在父亲的吩咐下,到位于村委会广场附近的杂货店打回一壶玉米烧酒。这一日的午饭时间,邻居们将受邀来到家里,分享女人们精心烹饪的美食,男人们还将分享那一壶玉米烧酒。这将是快乐的一天,像是过节。

天亮以后,家庭主妇们把自己裹得严严实实,踏着积雪从各自家里来到那片空旷之地,围观男人们的劳动成果,围观那个搁在肉案上被冻得通红的猪鼻子。她们暗中较着劲儿,看看谁喂的猪又肥又大。有时,她们会无缘无故地跟一头猪生气,抱怨它不肯好好进食,不肯好好长膘,让她们在村子里抬不起头。生气的时候,她们把喂给猪的食物倒得满地都是,把圈栏门撞击得砰砰作响。她们也会跟锅生气,跟锅铲生气。生气的时候,她们跺着脚,用锅铲把锅敲得当当直响。几只来历不明的野狗,在雪地里远远地观望着这一切,伺机而动。那头被刨子刮得比雪还要白的猪,倒挂在一架木质梯子上。胡茬爬满大半个脸庞的屠夫,系着那条脏兮兮的皮质围裙,手握一柄亮晃晃的尖刀,在男人和家庭主妇们的注视下,表演他出神入化的刀功。

这是屠夫最忙碌的季节。从早到晚,他都落不到一个休息的时候。从早到晚,猪绝望的悲鸣在村子里此起彼伏。从早到晚,人们在村子里四处游走。雪下得正是时候。马上就要过年了,沸腾的鞭炮声,将像夏日的藤蔓植物一样把村子缠绕、覆盖。男人们将喝得满脸通红,在雪地上留下东倒西歪的脚印。女人们将自己关进厨房,深陷于油烟之中。孩子们将在父亲的长柄笤帚够不到的地方堆雪人。深夜,那些长着硕大红鼻子的雪人在村子里四处游走，天亮之前，它们又回到原来的位置。而过完年，女人们将结伴前往集市，从牲口贩子那里购回两只活泼可爱的小猪仔。它们尖细的叫声，让女人们重新忙碌起来。她们将像孩子们迷恋的陀螺一样，在村子里永不停歇地旋转下去。

二

祖母站在坑坑洼洼的走廊上，身披黄昏的羽毛，一边冲着鸡群藏匿的方向"格鲁格鲁"地叫唤，一边朝着颜色变幻无穷的天空撒着玉米籽。她头上裹着一条蓝色头帕，你看不到她的头发是乌黑的还是花白的。她手中葫芦瓢里的玉米籽，好像永远也撒不完。她藏着许多我们无从知晓的秘密。藏着许多秘密的祖母，像一个巫师。暮色将至之时，"格鲁格鲁"的叫唤声，来自巫师爬满皱纹的喉咙和味觉退化的舌头，而不是干枯的嘴唇。她这么叫唤的时候，整个人充满了慵懒的活力，像是一只朝着玉米籽奔去的老母鸡在哼鸣。

"格鲁——格鲁——"四散他处的鸡群闻声而来。祖母的叫唤，具有蜂蜜吸引蚂蚁那样的魔力。它们从木槿花茂密的枝叶后面现身，从苹果树的阴影里跳出，从可恶的荨麻丛中钻出，或在一蓬鹅儿肠米白色的花朵里露出月季色鸡冠或绛紫色尾羽……它们扑扇着白色翅膀，褐色翅膀，黄色翅膀，黑色翅膀，金红色翅膀，迈动双脚，扭动着屁股，争先恐后地朝祖母奔来，朝祖母的嘴唇奔来，朝祖母高高扬起的手臂奔来。一阵阵色彩绚丽的旋风在祖母面前酝酿，随即刮起。祖母就要飞起来了，整个村子也要飞起来了。

黄昏的羽毛间扑朔着梦幻般的光斑。鸡群像一群叽叽喳喳的孩子围拢在祖母周围,左冲右突,抢啄着掉落在地的玉米籽。一片缤纷色彩围拢在祖母周围。一片月季色鸡冠围拢在祖母周围。一片"格鲁格鲁"之声围拢在祖母周围。我们的祖母,在这样的时刻,也是色彩的祖母,声音的祖母。她系着一条没有任何图案装饰的围裙,上面布满陈年的油烟味和可疑的污渍。但在这样的时刻,那条已经看不出是什么质地的围裙,依然光彩照人,晚霞像金鱼一样在上面游走。

祖母停止朝天空撒玉米籽的时候,黄昏的羽毛开始旋转着上升,你握不住它们,祖母也握不住。它们从祖母磨刀石般粗糙的手心逃离,从她好像从未解下的那条围裙上逃离,从她深陷于皱纹之中的脸庞上逃离,从她卷成帽子形状的头帕上逃离。它们逃离之时,暮色从黑色的屋檐和黑色的树冠上,落下来。像布帘子一样落下来,像梦一样落下来,像往事一样落下来,像云一样落下来,像雾一样落下来,也像雨水一样落下来。鸡群抬起月季色鸡冠,"格鲁格鲁"地哼鸣着,紧盯着祖母刚刚高高扬起的那条手臂。可那条手臂没有再次高高扬起。那条手臂,带着它沉重的历史,深深地垂进暮色之中。

暮色的雨水,淹没了祖母。

我们看不见祖母,鸡群也看不见。"格鲁——格鲁——",鸡群哼鸣着离开祖母。它们在长有车前草和鹅儿肠的鸡舍前,像餐后消食一样,漫不经心地啄食草籽、沙粒和一天之中最后的光。倦意如同瘟疫,会传染。待最后一只母鸡钻进鸡舍收拢翅膀,被暮色的雨水淹没的祖母,像一道剪影,悄无声息地来到它们面前,弯腰侧脸,伸出被草汁染绿的食指,逐一点卯。祖母认识每一只鸡。她知道哪一只今天生蛋了,哪一只隔一天才生一只蛋,还知道哪一只压根儿就忘记生蛋这件事了。祖母小心翼翼关上鸡舍门,并用一根棍子顶住。

"黄鼠狼鬼精得很,得时刻提防着。"面对我们的疑问,祖母总是这样说。可我们一次也没有见到黄鼠狼。它们长什么样子?我们只见过顶着一条蓬松尾巴的松鼠。我们只是听说,遥远的森林里住着一群大灰狼。祖父这个时候从暮色中现身:"它们只在有月亮的夜晚才溜进村子。"他咬着一根自己卷的旱烟。隔上一小会儿,烟头就冒出一团火焰。他的鼻子,随之闪烁一下。他的鼻子是红色的。

祖母再次被暮色的雨水淹没。村子里的祖母们总是这样,她们擅长隐身术,把自己隐匿在厨房,周身浸满油烟味,连头帕上都是;把自己隐匿在玉米地里,汗水打湿她们的每一寸皮肤,脚下的每一寸土地;把自己隐匿在苹果园里,苹果花在她们头顶一朵一朵盛开,而她们乳房下垂,衬衫越穿越宽;把自己隐匿在池塘边,毒蛇刚刚游过的水爬上她们粗壮的手臂,土豆在她们手中露出鼻子和眼睛;把自己隐匿在巨大的鼾声里,劳动让她们的身体变得沉重,即便是在梦里,她们也很难飞起来;把自己隐匿在无望的哭泣里,男人们随时随地都可能燃烧起来的愤怒之火像匕首一样把她们扎得遍体鳞伤……但另外一些时候,她们的影子又无处不在。村子里到处都是祖母。每一个祖母,都拥有一根被草汁染绿的食指,一颗比石头还要坚硬的心。

祖母不知道,我们有多羡慕她的那根食指。天气回暖了,如果哪只母鸡还没有生蛋,祖母就会把那根被草汁染绿的食指,探进它毛茸茸的屁股。因为恐惧,母鸡在祖母手中胡乱扑腾,翅膀上的羽毛一根根掉落。但很少有人捡起它们,因为它们不是孔雀的羽毛,也不是公鸡的羽毛。只有孔雀和公鸡脖子上五彩缤纷的羽毛,才会被孩子们觊觎。有那么一段时间,在孩子们中间流行玩踢毽子的游戏,而公鸡的羽毛是做毽子的必需品。"这几天就要生了。"祖母喜上眉梢,高兴地预告。果不其然,两天之后,那只母鸡就在鸡舍前昂首阔步地向祖母邀功请赏:"个个大——个个大——"祖母拥有一根多么神奇的手指,它不仅能预告母鸡生蛋的日期,还能预报天气。当它和其他手指被难以忍受的疼痛包裹时,祖母就会像母鸡那样哼鸣:"明天就要下雨了。"

雨水并不可怕。可怕的是祖母那颗比石头还要坚硬的心狠下来的时候,跟冬天的冰块一样冷。如果哪只母鸡偷懒,成天坐在鸡舍里,沉迷于孵小鸡这件事,不吃不喝,更不生蛋,祖母就会亲自动手,命令祖父或者命令她最小的儿子,把这只母鸡捉起来,用一根绳索把它的脚和一只废弃的筐子绑在一起,然后把这个罩着母鸡的筐子扔进池塘,再在筐子上压上一块石头——我们根据从战争电影里学来的词儿,把这种惩罚方式命名为"坐水牢"。"格鲁——格鲁——"母鸡绝望的哼鸣,从水底冒出,像一串咕噜咕噜直叫唤的水泡儿。但祖母不会心软。只要母鸡不悔过自新,就要把"牢"底坐穿。没有人敢把母鸡救出来,村子里的人都知道祖母的厉害。

祖母的嘴巴,跟乌鸦嘴一样不受欢迎。她曾在苹果园里用最恶毒的语言,诅咒她的儿子,我们的父亲。她还在冬天裸露的土豆地里，咒骂我们，她的孙子们。我们家的鸡群溜进他们家的玉米地，啄食了几株玉米苗，祖母的嘴巴，便一连好几天都"格鲁格鲁"叫个不停。各种诅咒，在她的唇齿间酝酿成可怕的风暴，袭击我们每一个人。我们在暗地里称呼祖母为"抱鸡母"。只有像瘾君子一样沉迷于孵小鸡的母鸡，才会整天"格鲁格鲁"叫个不停。

祖父只要瞧见我们家的鸡群钻进玉米地，就会怒气冲冲地捡起石块掷向它们。羽毛散落在玉米地里。"格鲁格鲁"的尖叫声散落在玉米地里。它们带着巨大的恐惧，惊慌失措地飞奔回院子。恐惧，让它们目光呆滞，支棱在墙角，半天回不过神来。不仅如此，祖父还悄悄在玉米地里投放了许多毒玉米。我们家的一只母鸡误吃了，鸡冠发紫，走路时像村子里喝多了玉米烧酒的醉汉，东倒西歪。哥哥用铁丝制作了一把刃口锋利的手术刀，给这只可怜的母鸡做了活体解剖手术。他小心翼翼地掏出它高高隆起的嗉囊，清洗干净里面的玉米籽，然后用母亲缝补衣裳的针线，替它缝合伤口。这只母鸡，奇迹般地活了下来。

我们在院子前方那块被称为"花园"的地方，用竹篱围成一个简易鸡圈。鸡群被关进去，不再像从前那样自由。它们烦躁不安，从竹篱缝隙里眺望着夏日茂密的玉米地，"格鲁格鲁"地哼鸣着。它们扑扇着白色翅膀，褐色翅膀，黄色翅膀，黑色翅膀，金红色翅膀，试图飞越牢笼般的鸡圈，但没有一只成功。它们不再是飞鸟。它们的翅膀，托不起它们的体重。日复一日，花园里潮湿的土地，变得更加潮湿。车前子、鹅儿肠、蒲公英、灰灰菜、金丝草和花朵的幼苗，都消失得无影无踪。花园越来越空。

花园不再是花园。鸡粪的臭味,深入我们的每一口呼吸。可只要母鸡生蛋,这一切都是能容忍的。

和村子里所有的祖母所有的母亲一样,母亲把鸡蛋藏在卧室的一格抽屉里。每次打开抽屉时,她都显得格外小心,好像存放在里面的,不是鸡蛋,而是易碎的珍珠。可她对待我们却是那样粗鲁。但凡我们做错了什么,来自她语言的暴力,就会像夏日的冰雹,猝不及防地砸到我们头上。她讨厌祖母,却在无形之中继承了祖母身上被她讨厌的部分。每隔一段时间,她就把那些漂亮鸡蛋用一只篮子装起来,带到集市兜售。我们吃的盐,甚至穿的衣服,都是鸡蛋变的。我们感谢鸡蛋,更感谢生蛋的母鸡。正因为如此,在过去许多年里,我们从来没有宰杀过鸡,也很少出售它们。谁会这么对待自己的"衣食父母"呢?

可凡事皆有例外。一只周身雪一样白的母鸡,有一天忽然在凌晨高昂着脖子,学公鸡那样打起鸣来。母亲在噩梦中惊坐而起,再也无法入睡。她认为这是不祥之兆。那是一只上了年纪的母鸡,在过去的数年间生下无数只蛋,为我们这个家庭立下过汗马功劳。但它已经很久没有生蛋了。我们效法祖母,强制它在池塘坐了好一阵水牢,可它依然在凌晨打鸣。它的月季色鸡冠,竟跟公鸡的鸡冠一样,红殷殷好似一团燃烧的鸡冠花。时间改变了它的性别。就像村子里那些不再年轻的女人,说话和做事,都跟男人一样粗鲁,一样野蛮。她们抽烟,酗酒,打牌,说荤段子。骂街的时候,不堪入耳的脏话张嘴就来,噼里啪啦,像被谁点燃的一挂鞭炮。只有少数人还记得,她们刚刚嫁到村子里的时候,是有多害羞。

母亲犹豫再三，最终把这只母鸡拎到集市卖了。一连好几个夜晚，她都被同一个噩梦纠缠。充满警告意味的梦境，像一条无限之长的绳索，牢牢地捆绑着她，让她即使在白天也无法正常生活和思考——她每晚都要与噩梦搏斗，就像与一头饿虎搏斗，以至于精疲力竭，终日无精打采，却又让她的联想能力忽然间变得无比发达：层出不穷的幻想，簇拥在她嗡嗡直响的脑袋里。她把这一异常归咎于母鸡打鸣。那么，一劳永逸的办法，就是把母鸡卖了。我对这只无辜的母鸡充满了同情，认为母亲的说法纯属子虚乌有，结果被骂了个狗血淋头。

在村子里，母亲们有权决定一只鸡的去留，甚至一个孩子的去留。有一个人人皆知的女人，一心想生个儿子，却被命运嘲弄，接连生下五个女儿。为了减轻家庭负担，也许是出于赌气，她便咬牙把最小的女儿送给了邻村一个没有孩子的女人。豆蔻之年，女孩的养父养母不幸先后离世，她不得不回到亲生母亲身边，回到父亲身边，回到姐姐们身边。可这并不是令人期待的回归：她像一个局外人，更像一个寄人篱下者，始终无法融入他们的生活。母亲和姐姐们也没有在心里真正接纳失去多年的她。她们每天都会命令她劳动。她不敢违逆任何一个人的命令，更不敢反抗，哪怕是无声的。她害怕招来语言暴力。她独自待在空旷的房间或田野里，沉默地挥动着双手。

她们的权威不容置疑。但她们的权威，并没有随着年龄的增长而变大。相反，这种像羽毛一样让人迷恋的东西，正从她们磨刀石般粗糙的手心逃离，从她们好像从未解下的那条围裙上逃离，从她们深陷于皱纹之中的脸庞上逃离，从她们卷成帽子形状的头帕上逃离。这是村子里所有的祖母们都不得不面对的现实。当她们再也提不起一桶水,再也背不动一筐土豆,再也不能像往日那样在玉米地里挥汗如雨,当她们被一番番好意和善意保护起来的时候,羽毛就已远离她们。

她们能做的,就是喂养一群鸡,在暮色将至之时,身披黄昏的羽毛,一边冲着鸡群藏匿的方向"格鲁格鲁"地叫唤,一边朝着颜色变幻无穷的天空撒着玉米籽。她们还可以喂养一只猫。在无人问津的时候,猫会像幼虎那样伏在她们脚边,或蜷缩在她们怀里,任她们布满褶皱的手抚过它柔软的脑袋,雪白的脊背。你的手是多么孤独,你坐过的椅子是多么孤独,你不再使用的锄头和镰刀是多么孤独,你结婚时穿过的漂亮衣裳是多么孤独,你记忆中的少女时代是多么孤独。

祖母们都是孤独的。她们需要一群鸡,需要它们"格鲁格鲁"地哼鸣起来,需要它们不管不顾地奔跑起来。

她们失去的羽毛,在长长的梦境里,重新生长出来。

谁还能给你一个故乡

一

我一直记得那异常狼狈的一天。

在那个隆重而又热闹的午宴上，畅饮了几碗黄酒之后，我的脸看着红透了，还自以为心里有数，结果大醉一场，和衣睡至黄昏，依然头重脚轻，脸色苍白，哪里想到在晚宴上又喝了两碗呢？只因那一番盛情实在难却。

那一晚，醉得不轻。而我醉酒有一个习惯，即酒不醒过来，则无法入睡，这种状态与深度失眠无异。于是，我听了一夜的流水声。说来也怪，那像碎银子一样淙淙作响的流水声，仿佛是从一个极遥远极遥远的地方淌过来的。

夜半，"醒"过来一次，只见硕大的一盘明月挂在檐下的窗角，月下起伏着淡淡的山岚。那山岚，似在奔跑。一块方形的月光，软软地覆盖在我的身上。脸上痒酥酥的，大抵是月光的脚在走动吧。

我因不胜酒力而醉酒，被她家的亲朋传为笑谈，甚至被她还不满十岁的妹妹嘲笑，我既为自己在她家吃第一顿饭就失态而自责，又为他们不加掩饰的笑意所迷惑，却原来，这个村子乃至整个县,都是远近闻名的酒乡。

二

三年前的夏天,我与此酒乡擦肩而过。

那个烈日炎炎的正午,我站在鄂西北那个有着古老历史的县城的街道上,眯缝着眼眺望在房屋顶部绵延起伏的山脉,打量着那些在我面前一闪而过的陌生而又亲切的面孔,细听着那一口温和的与襄阳话颇为接近的方言,努力地想象过它的样子,但总是糊涂一片。

唯一可以确定的是,有一条清澈见底的小河从村子里蜿蜒而过,河流的堤岸是一条早晚跑两趟班车的乡村公路,而且那道潺潺的清冽的水声昼夜不息,人们在夜晚枕着它沉沉睡去,又在清晨闻着它醒来。

夏季,暴涨的河水六亲不认,从上游卷着浑黄的浪花咆哮而来,挥着鞭子把房子大的石头像赶羊群一样赶到下游。

这样的日子,班车不得不停运。因为撒野的河水早已淹没了乡村公路以及地势低洼的田野。住在岸边的人家,吓得不敢打开大门,怕那惊涛骇浪的河水,像强盗一样破门而入。

那是一年中少有的胆战心惊的日子,在像河水一样深不见底的夜晚,得多长两双耳朵——怕房屋也被卷进漩涡……

——这都是她在电话里告诉我的。

一个晚上,她还将手机的话筒对准了窗外像月色一样缓缓流淌的小河。一道隐约可闻的潺潺水声,在我耳畔迢迢地响起。那水声,宛若一树摇曳的星光。

可那究竟是一条什么样的河流呢？

山也一定是有的。只因她曾告诉我，从县城到她家，还需坐两个小时的班车。

记得从市里到县城，一路皆是山，且是一座比一座陡峭，一座比一座险峻，一座比一座高耸入云……那是排比句式的山，也是感叹句式的山！好多山峰苍翠丰腴的腰，都被清晨的白雾缠绕。挂在山谷上方的天空，和山谷一样狭长、逼仄，凹凸不平。

我是见过大山的世面的，但在颠颠簸簸的汽车里，仍然为眼前所见唏嘘不已，甚至还有一些害怕，尤其是在汽车猛然拐弯之时。难怪她回家时晕了一路，说话声嗡嗡嘤嘤的，下车了还在翻江倒海。

想必从县城到她家所在的那个小镇，一路上也是山水相迎——只有在逼仄而多急转弯的山谷里，车才爬得跟蜗牛一样慢。

那时，我与这个村子仅仅隔着两个小时的距离，可谓近在咫尺。我一再要求去镇上接她，可她不准："现在大人不在家里，你来了，别人会说闲话的。"

我理解她的苦衷。这年夏天，她刚念完大一。她的父母，还不知道我的存在。如果我们的"地下关系"曝光，后果定是"凶多吉少"。她的父亲一早就给她下达了一道不容讨价还价的命令：等毕业后工作稳定了，再考虑个人的问题。

现在想来，挺有意思的。如果这一年不是她遭遇一点意外——上学前夕，她在河里戏水时，脚丫子被藏在卵石间的玻璃碎片扎了一道长而深的口子，几至寸步难行的地步——我也不会千里迢迢地跑到这座被群山环抱，可能与我永无交集的县城。

那一路迢迢的风尘，确实让人好一番消受。尤其是那时而急转直下，时而又急转直上的唯一的一条盘山公路，把我这个平时不晕车的远行客也绕得头晕目眩，叫苦不迭。

只可惜了那一路好景色。

我终是在"破旧如同废墟的汽车站"接到了她——"一只折翼的燕子"。

她的翅膀上，满是草木的气息。

三

此后两三年间，这个村子像个幽灵似的，不时出现在我们漫无边际的谈话里。它一点点浸入了我们在铁轨上来回往返的相聚与告别之中。因为它的出现，她总是会变得眉飞色舞，继而惆怅起来。

"每年春天，映山红开得遍山遍野，像是从山顶泼下来的云霞。夏天则是一河谷黄玉般的兰花。那清幽的香，笼罩了整个村子。有一回，我采了一大把插在瓶中。我表妹抱着闻了一阵，竟被香迷糊了；稻子扬花时节，河对岸生得跟翡翠一样的稻田，从我家院子里望去，就像是落了一层粉雪。来一阵风的话，那稻禾的肩上就浮动着一层雪浪，像是月亮荡开的涟漪……

"我家门前的河里有一块大石头，状若人脸，有房子那么大，脸部轮廓分明，眼睛鼻子嘴巴清晰可辨，栩栩如生。石头顶上的缝隙里生有一株花树，开花时好看极了。谁也说不清那石头来村里多少年了，据说很有灵性。每年春节，都有人往它脸上贴一副春联儿。大人给它打躬作揖，小孩子给它磕头。那石头是他们拜认的干爹。

"我幼年时身体不好,祖母拿着我的生辰八字去请方子。先生推演了一番,说我命里多病多灾,需拜司晨官为干爹方能祛病消灾。于是,每天清晨起床之时和临睡之前,我都要跪在鸡舍前对鸡祷告:'鸡爹爹,鸡妈妈,保佑我身体健康,不生病。我们家会把你好好供起来,不杀你。'过年时,还要给鸡舍贴一副鲜亮的对联儿,放一挂鞭炮,呈供品。自然也是要磕头祷告的。

"二十多年前,有人到我们村子里传教。据传教人称,把一把玉米装进一只酒瓶,然后每天对着酒瓶祷告,玉米就会一天天变多。若生病了,只需祷告即可痊愈;肚子饿了,也只需祷告一番即可。我祖母和我二伯对着瓶子祷告了好一阵子,也未见那玉米粒增多一颗,我也依然生病。始觉上当受骗的二伯,找上门去将那传教人骂了一通。村子里再也没人相信那人编织的鬼话了。

"我家老房子后面的山中有一泓清泉,从来不见干涸。外婆说,以前到泉边洗衣服时,总有长相怪异的娃娃鱼从水里跳出来,直往人的怀里扑。它们还会发出婴儿一样的叫声。只是后来,有人去捕,那鱼便少见了。"

这样的叙述,倒是引起我的好奇——它多少都有点《百年孤独》的意味吧。那块给人当干爹的石头长什么样子呢?当年那个满嘴鬼话的"传教士"还住在村中吗?那些荒诞不经的想法,他是如何虚构出来的?

但受了那次去县城的影响,在我的心里,这个纵使在春夏两季开满了鲜花和流传着神秘风俗的村子,不是坐落在一块深陷于四壁群山的土地上,就是挤在一块狭窄的河边台地上。

也因此,我对它没有展开过更多的想象,抑或是那一路让人难以承受的颠簸，给我留下了某种难以启齿的后遗症，而在潜意识里拒绝想象。况且，当你真正面对一个村子时，尤其是这个村子让你爱恨交织时，你会发现所有的言辞都是苍白而乏力的，所有的想象也都是站不住脚的——山清水秀，又或四野荒凉，都不适合形容一个立体而多元的村子。

可事情总有出人意料的变化。或许是因我在言语上对她的故乡多有轻视而渐生不满之意，她终于在我面前赌气似的抖出了一个极具诱惑力的包袱：我们县，不仅是庐陵王当年的流放之地，而且是"诗经"故里。

这实在是叫人羞愧。

四

在来到这个村子之前，我是设想过若干种见面时的情形的：譬如遭了一番冷遇，灰溜溜地逃了；譬如水土不服，饮食不惯；又譬如因初来乍到而拘谨，叫所有人都手足无措……就是不曾想到是这一种。

这确是名不虚传的酒乡。家家户户自酿黄酒，大约是一个久远的传统，但那喝酒的阵势确是我未曾见过的——虽然我的乡人也是善饮的，我的父辈们在年轻时大都是豪饮之辈，我还造访过不少自称为酒乡的地方，赤膊拼酒的场景也多有见识，但都不及此地来得豪爽。

菜肴上桌之前，满满的一壶酒就热上了，待人坐定后，每人面前摆一只白白净净的碗。我以为那碗不是用来盛饭就是用来装菜的，但是这一幼稚的想法瞬间就被纠正了——只见她的母亲提着酒壶,挨个倒过来,男女老少概不例外。就连她的妹妹,也一个劲儿地嚷着,要喝一碗。

酒碗围了满满一桌,煞是壮观。

宴席自然也是从酒开始的。两人一对眼神儿,就端着碗喝上了,你来我往,我往你来,直到将碗中酒一饮而尽,方才再敬别人。而桌上往往坐了八九人,若是与每一个人都要"喝一个",结果可想而知。

那酒像米酒一样入口甘醇,毫无辣意,似乎只要肚子装得下,像武松那般痛饮十八碗也不成问题。如果你真这么想,那就大错特错了——这正是它迷惑人的地方。我当初也正是小瞧了它,才出尽了洋相。它的后劲儿可足着呢!

虽是如此,但酒乡的人却毫不在意,尽管都喝成了关公脸,仍然一碗接一碗地喝着,边喝边说一些推心置腹的话。若还不过瘾,那就换上稻花香。那稻花香,自然也是用碗喝。杯盏一类的酒器,在这个村子根本就派不上用场。

在旁观者眼里,他们喝的真的不是酒。因为等他们放下碗筷,尽兴散席时,差不多又到吃下一顿饭的时间了。如果是酒,不早就醉得人仰马翻?

这已足够叫人惊奇,但更叫人难以置信的是,在这个村子里,喝酒并非偶尔为之的事情。而是一日三餐,餐餐如此,真正意义上的无酒不成席。即使没有客人,也要热上一壶,自斟自酌。这样的饮食习惯,吓得我都不敢轻易上桌了。

而也正是这一顿顿酒,让我忘记了那一路颠簸。但需特别澄清的是,那一路颠簸,并非像头一回那般严重。

事实上,从县城到村子里,一路上果真如我所料,虽是山水相迎，但那山却比从市里到县城所见的平和许多，不再高耸入云，也不再巍峨陡峭，而是雄浑圆融，慷慨苍茫，胸怀间有一股子侠气。那冬日里苍劲而清寥的景色，恰若司马迁在《史记》中所述："纵横千里，山林四塞，其固高陵，如有房屋。"这几句话，正是此县得名的渊源。

那道水，最开始深陷于公路下方的峡谷，在险滩里左冲右突，远远望去，碧如潭水，声若远钟；后来竟慢慢地慢慢地浮出地表了，埋伏于一堆白花花的乱石间，清若流泉，鸣若琴弦；却原来，我们是在溯流而上。它时而叫椰峪河，时而叫清河，时而又叫刘家河，到了这个村子，它又叫万峪河了。

这个村子坐落在河谷边的台地上，两峰高低起伏的山脉像屏风一样分立河流两岸，若干条在太阳底下会焕发出一道道异样光泽的山谷，从那云天相接之处缓缓地滑到河边。那样柔和的线条，倒像是低头饮水的巨兽露出的一截截后颈。

山谷与山谷之间的坡地，多被辟为田畴。点缀其间的屋场，在清晨总会自青色的屋顶袅袅升起一缕炊烟，在夜幕降临之时，又会掌上寥寥可数的几盏灯。

由于那屋前屋后的山也有状若丘陵之时，并非一味地高不可攀，固然还有更大的山脉层层叠叠地在远方像波浪一样推涌，因此也并不影响视野。

这道河谷，村子通往外界的唯一通道，还是相当开阔的。尤其是在水落石出的黄昏时分，当你独自一人迎着夕光沿着那条修在河堤上的公路散步时，你的感受当会更为强烈。山河如此辽阔，肉身却是如此渺小。

当此之时，那在夕光中看起来像灯芯一样燃烧的野草梗，就像是你在天地之中最真实的存在状态。

五

这是一个美丽的村子。它给我的第一眼印象,便是马尔克斯笔下的马孔多的原型:"泥巴和芦苇盖成的房子沿河岸排开,湍急的河流清澈见底,河床里的卵石光滑宛如史前的巨蛋。"当然,这个村子已非刚刚创建时的马孔多了。

沿河岸排开的二十余户人家,多住着红瓦白墙的房子,室内的设施也已相当现代化了,而非"泥巴和芦苇盖成的房子"。后者已经少见,但也不是没有。它们孤零零地矗立在一面山坡上,像是古老生活最后的守望者。一扇扇紧闭或虚掩的镶有铁门环的木质大门,让人感到时光的悠远绵长。

这样的泥巴房子,说来也是别有一番意味的。那镶嵌在大门上下的门当户对,户对上被风吹日晒却依然精美的雕花,都会让你相信,孕育万物的泥土,自会吐露芬芳;生活于斯的人,骨子里自有一份高贵。

这些房子,还不曾被弃之荒野的话,每天照例会有炊烟自屋顶升起,院子里照例会有鸡鸣狗吠,自然也会有新生儿自此呱呱坠地。

"那条河流……"

我不得不承认,在这片陌生的土地上,最先让我在脑海里浮现出"马孔多"这三个字的,就是这条"清澈见底"的河流。它的河床里切切实实地布满了"光滑宛若史前巨蛋"的卵石。其数量之多,体积之大,形态之丰,着实令人叹为观止。谁知道它们是从哪儿跑出来的呢？

　　这简直就是一条石头河。在这条河里，石头才是流动的河水。它们从上游流到下游，从过去流向未来。也像是一个石头博物馆。无论那石头大若房子，还是小若珍珠，都是一件独一无二的展品。

　　最让你惊讶的，大约是这样的遇见：某个夜晚，当你推开大门，只听见一声——嘘！然后，你就像被人施了定身法一般定住了——你看——你自己指给自己看——那一河床的史前巨蛋竟然周身泛着一片蛋白光晕，活像是一个个发光体。是它们把储存的月光释放出来了吗？是天上的星宿全部栖息于此了吗？

　　你一定会被眼前所见迷倒，你一定会小心翼翼地扪着那颗狂跳不止的心，并停止移动脚步，甚至屏住呼吸，因为你不忍心弄出一丁点声响。

　　那天地间影影绰绰的一线光，那映出山峦剪影的光，那现出公路轮廓的光，大概都是拜它们所赐吧！

　　神灵般的石头，教堂般的石头，压住了村子里所有的声响。

　　清洁的流水声，大约是梵音的另一种形式。

　　月亮不声不响地自东山露出了马脚，似有身披袈裟的僧人在河里走动。雪白的经文铺了一地。

　　这样的夜晚，大抵是有着几分神圣乃至庄严的。它大概只会出现于创世神话中，可它又实实在在地存在于现世。

　　而在广袤的不为人知的地方，譬如与天最为接近的高原地带，譬如被大山捧在手心里的一小块盆地，譬如……这样的夜晚又是何其多。

　　外婆忆及故人的故事，也总是在这样的夜晚，像一盆温暖的炭火，照亮了每一个听者的脸庞。那些像是在雨夜走失的故人，于我是陌生的，但是我在外婆的讲述中——"三姐可真是生得美，可美！"——依然可以想见那人的美貌与性情。

他们依然活在外婆心里。

八十多岁的外婆，在年轻时也是个大美人儿，可惜丈夫在他五十多岁时英年早逝。她因此吃了许多苦头，被生活磨成了一个出了名的厉害角色。

而现在，她更像是一位智者。就着火炉闪耀着的微暗的火，她一边吃着烟，一边讲述着遥远的旧事，并不时冒出一句关于人生的至理名言来：

"美貌妻子多薄命，薄地丑妻无价宝。"

"有一堆灰，不怕驴子打滚儿。"

"……"

这是令人怀念的夜晚，也是令人憧憬的夜晚；这是令人心安的夜晚，也是令人思索的夜晚；这是既可以烛照灵魂的夜晚，也是适宜咀嚼往事的夜晚。

枕着那一席清澈见底的流水声，望着檐下那盘朗照乾坤的山月，我像在故乡那样沉沉地睡去了。

六

我们离开村子时的那个黎明，与那些夜晚一样，同样值得铭记与怀念。

那一天，我们要步行去乡街上赶乘到县城的早班车，于是起得特别早。那时鸡才叫头遍，天还未破晓。而她的母亲起得更早，在我们洗漱好之前，已张罗了一桌子饭菜，烧好了一盆炭火。

我们伏在桌前，匆匆吃完了早饭，在院子前的马路上告别了她的母亲，一脚踏入了黎明之前的夜色中。

那是新年后的第三个黎明。仿佛仍是第一个黎明，一切都如同初生。

也因此，我对沿途所见记忆深刻：

依稀可见的群山的轮廓，在前后左右起伏着。即使那是突兀的一座山峰，在这一刻也不见棱角。青灰色的天幕架在山头之上，镶嵌着硕大的星子，仿佛住在那里的人家也醒了。

脚底下的马路像一条银白色的狗，跑着跑着就不见了踪影；也像是镀了一层月光。而月亮早不见了。

时而路过一边是崖壁一边是河流的路段，星子就落在崖壁顶部素描一般的树枝上，抬头望去，那一棵棵树开满了像钻石一样闪闪发光的花。

那一河床的史前巨蛋，依然发出蛋壳一样柔软的光。

河水声一路变换着曲调，时而粗洪，时而娟秀，时而低缓，时而深沉，时而悠远，时而在耳畔如月光簌簌作响……奇怪的是，当我们刚刚把脚踏入那条灰扑扑的乡街时，它们一下子就不见了，像是一脚跌进了深渊，也像是从来就不曾存在过。

那条短促的乡街还在沉睡，四野空旷无人。

整条街上，只听得见我们的鞋跟叩响水泥地面的清脆而孤独的回声。

寂静的时刻

这个冬日的中午，在用完午餐后，我竟在阳台上打了一个长达一个多小时的盹儿，真是不可思议。

事情是这样的。我从单位回来，打开冰冷的铁门，穿过餐厅，刚刚将卧室的门推开一条缝儿，就被眼前见到的一幕深深地打动了：大块黄铜锃亮的玉米色阳光恰好透过我打开的半边窗户落在我开满了丁香的床单上。那几朵刚刚裂开的丁香和几枝淡绿色的细叶像是沐浴着天恩，鲜亮饱满，活力四射，漫溢着春天的气息。那儿就像是搁着一块镜子一堆金条，整个屋子都亮了起来，大有"蓬荜生辉"之感。

我满心喜悦地走过去，凝视着那几朵丁香，差点就要伸出手去将那一块阳光从床单上拧起来，挂在卧室颜色单一的墙壁上。我是如此贪心，尽管刚刚从单位回来的途中，就披了一身阳光，可是背阴的厨房和客厅都很冷，我几乎没有把它们当成是我的领地，每次回来，我都是径直来到卧室或者是阳台。还需提及的是，我在单位所使用的那间办公室位于一栋大厦的第一层，且是那种被过道包围起来的孤岛一样的房间，仅仅开着一扇暗红色的木质门，终年见不到一丝阳光，呼吸不到一缕泥土的气息。每每穿过大厅，从那扇落地式的自动玻璃门出了大厦被阳光劈头盖脸地问候时，都会感到一阵晕眩——有一种重见天日的感觉，像是被宽恕被赦免了。这个冬天太需要阳光了，这里到底是不同于两湖之地的北方。

盛满了阳光的阳台，是一个金碧辉煌的宫殿。那满满溢溢的样子，极易让人联想起丰收年的谷仓，温暖，又不失庄严。我快步踱过去，一把打开纱窗，把更多的阳光请进来——它们像羊群一样涌了进来，也像一条开闸泄洪的河流。我目睹它们在阳台狭小的空间里晃荡起伏，闪烁着金色的光泽。不一会儿，我的身子骨就暖和了起来，后背有一丝丝的痒，怕是阳光的脚在那儿走动呢。我感觉周身的每一个细胞都在活动，每一个毛孔都张开了嘴巴。它们都想吃进更多的阳光。

那排挺拔而苍凉的水杉，差不多已将一身金红色的叶子落完，秃了顶，粗细不一的线条，硬朗朗的，像极了素描画；那条安静的时而有小孩子吵闹的被水杉掩映的过道上，"铺了厚厚的一层晚霞"（我写的一句诗），踩上去，软绵绵的，有一股子暖和劲儿，但那色泽已越来越暗淡。对面那排同样是被水杉掩映着的房子，在阳光的笼罩下，竟涂满了明亮的色彩，就像是一个常年阴郁着的人忽然给你露出了一个灿烂的笑脸。

被一溜灰色屋顶和素描画剪辑过的一角天空，穿着一件蓝袄子，像远方寂静的海。而远方，已被不知名的鸟雀衔来，正立在那棵挂满了千百个枯黄灯笼的栾木的枝头摇晃，鸣叫。在一望无际的平原上，在冬日寂静的旷野里，举头一望，四野皆是地平线，皆是灰蒙蒙的，看不到远方。平原是一个没有远方的地方。只有大山里的人，才知道远方在哪里——在羊肠小道的尽头，在落满了白雪的山脊上，在灯光抵达不了的地方，在狗吠声依稀可闻的村子。

就在这一刻，对，就在这一刻，我喜欢上了这个庞大的略显陈旧的小区。虽然时至今日，我仍然不知道这个小区究竟有多大，住着多少户人家，有几个可供出入的大门。刚来这座城市时，无处落脚，只得住在旅馆，一住就是一个礼拜，但那终究不是长久之计。我每天焦急地在网上搜索房源，给房地产中介公司打电话，在雨天跟着业务员去看楼盘，与精明的房东讨价还价……最终不得已暂时安置于此。记得刚拎着包住进来灰头土脸地打扫房子那会儿，我对自己草率地签订了租房合同，并急急忙忙地缴纳了一笔不菲的房租而懊悔不已。这实在不是一个明智的选择——只有五成新的房子已让人心情灰暗。而遍植小区空地，耸入云霄地顶着一个巨大的泼墨树冠的水杉，更让我不爽——我总觉得这个小区的整体氛围过于阴暗。我一度盘算着在此住满半年一定另择佳木而栖，即使舍弃那笔押金也在所不惜。

最开始的那几天，我总是会迷路，找不到我所租住的寓所，急出一身细汗。楼栋的编号藏匿在一团墨黑的雪松或是广玉兰的后面，而路灯像迟暮的老人，光线暗淡。我不得不踏着浓厚的夜色，神色慌张地借着手机的手电，在从同一个模子里刻出来的楼栋和单元间，去寻找那个小巧的生了一层铁锈的深蓝色门牌号，活像一个笨拙的盗贼。那条被水杉林掩映的漫长过道，不像是通往温暖的寓所，而像是要通往一座迷宫。那个狼狈样，真是不堪回首。而现在，我决定纠正以前的偏见，并将"清幽"这个词郑重地送给它。

这实在是一场持续多日的误会。

事实上，我一早就原谅了自己当初的冲动。再过几天，我就在这个小区住满两个月了。虽是两个月，却是截然不同的两个月。前一月尚属落木萧萧的晚秋，本月已是万物清冷的冬天。由于此地属于淮河流域，气候已接近南方的隆冬了，大晴天时，刺骨的风竟也跟冰刀子一样。那些水杉，似乎就是在这两月间经历了一年一度的荣枯。最开始，因为心理上的排斥，我不曾留意它们。等我渐渐将目光转移到它们身上而不觉得突兀时，它们的叶子正由浅黄向赭黄过渡，树冠自上而下地黄了，紧接着就被秋风这个理发师染成了金红。这一切变化，竟像是一夜之间的事，就像许多在水杉下来来往往的人，有一天忽然就老了。那本应该是一个极其缓慢的过程。

有几个日子，我站在阳台仔细地观察过它们。在灰蒙蒙的雨天，它们像是来自阿尔巴尼亚作家伊斯梅尔·卡达莱笔下，阴冷，肃杀，苍凉，孤独，茫然，仿佛黎明遥遥无期，我也因此变得神色黯淡，心情沮丧。扔掉手中翻着的书，很不安地在房间里踱着步子，甚至在梦中都会撞见那一幅阴沉沉的画面。晴天呢，如同眼下的这个日子，披着一身金红的水杉，倒像是自一张暖色调油画的画布上移植而来，且是浓墨重彩的那种，让人心生喜悦。一些时候，我在小区里散步，走着走着，就站定在那，舍不得迈开步子了——我简直被由那些水杉构成的画面给惊呆了——两排枝条纵横、举止得体的水杉，举着金红色的树冠，像绅士一样坦坦荡荡地站定在那，自有一番风情。单独的一棵水杉，也简直像个极有教养的美男子。可不知为什么，我总感觉它们来自很远很远的地方。无边的宁静四下里满溢，就连松针落地的声响，竟也清晰可闻。那宁静，也是金红色的。一条弯弯曲曲的落满了松针的水红色小径在林间兀自蔓延，也不知哪里才是尽头。它是连着一方更深邃的旷野吗？因为有了这些水杉的掩映，每一户人家都像是过着自在的隐居生活。

那一派沉静的金红，总让我情不自禁地联想起广袤的北方大地，联想起大地上金色的麦田，联想起金黄的麦子，联想起那些头扎头帕手握镰刀的刈麦人，还让我联想起托尔斯泰、陀思妥耶夫斯基等文学大师……那些外表高贵而内心宁静的水杉，该是有贵族血统的。

这真是一个奇怪的想法。总之，一个无限宽广的世界，在不知不觉间向我打开了。

就是在这个清幽之地，在该小区某幢楼三单元三楼靠左手边的一套房子里，我开始了全新的生活。这一年，我已三十岁。这是迟到的开始。困扰了我多年的焦虑，随着生活的日益安定也终于烟消云散。虽然，跟着我辗转奔波的书籍和行李，都还寄居在另外一座城市。以前，我跟朋友们说，总有一天我要去隐居，隐于市也好，隐于山林也好，一定得按照自己的意愿生活。他们都认为这种想法过于天真，想想倒是无妨，但要真正将其实现，在当今这个物欲横流的时代，几乎是不可能的，毕竟这已不是魏晋，名士也早已杳无踪迹。

目前尚不能确定我是否就此过上了真正的隐居生活，但可以肯定的是，我离那种理想的生活状态是越来越近了。至少，我现在有了足够多的时间，可以随心所欲地去做自己喜欢的事情，且不必急于求成。刚住进来那会儿，我就将阳台好好地拾掇了一番，将搁置于角落的一张棕栗色电脑桌擦了又擦，直至纤尘不染；把一只沾满了灰尘的宝绿色细腰花瓶认真地清洗了一遍，将之搁在桌角，就差一枝含苞待放的梅花了；还在案头置了两盆栽花草，一盆紫罗兰，一盆叫不出名字的绿色植物，然后将这一两月购得的十来本图书摆上去——乍看起来，俨然一个袖珍书房了。许多个日日夜夜，我就是在这里度过的。我坐在那把红黑相间的皮质转椅上，读书，写作，累了，就起身伸个懒腰，站在窗前眺望水杉以及那个被树冠擎着的蓝得不能再蓝的天空，或者是闭目聆听来自林子间的天籁，直至夜色降临，灯火升起，直至夜深人静，万籁俱寂。

　　日子就这样清静了下来，既不会客，也不远游，除了有必要去一趟办公室外，我就隐居在这套寓所里，像患有自闭症的艾米莉·狄金森一样，享受着难得的寂静。这份寂静，是专属于我一个人的。我打算在这里，认真拜读加夫列尔·加西亚·马尔克斯的《百年孤独》，米哈伊尔·亚历山大维奇·肖洛霍夫的《静静的顿河》，马塞尔·普鲁斯特的《追忆似水年华》，西格弗里德·伦茨的《德语课》，川端康成的《雪国》，恩古齐·瓦·提安歌的《一粒麦种》，以及维克多·雨果、列夫·尼古拉耶维奇·托尔斯泰、费奥多尔·米哈伊洛维奇·陀思妥耶夫斯基等文学巨匠的作品。这些经典之作，要么是我读过一遍已然淡忘，要么是读了三分之一便半途而废，要么是当年对其心生恐惧而避而远之的。我早已意识到,细嚼慢咽的阅读,远远比闭门造车的写作更让人安静,也远远比一场大雪更让人清醒。

当然,我还会在这座北方的小城成家生子,充分地享受世俗生活,让屋子里在一天之中总有那么一两个时刻,炊烟弥漫,佳肴芬芳。

……

阳光的催眠术真是高明。我身体里的倦意再次被它的暖意唤醒,卷土重来。"这么好的阳光,别浪费了。"这么想着的时候,我已经将那把红黑相间的皮质转椅拖了过来,顺势坐了上去,并调整了一个舒适的睡姿,让整个人都横陈在阳光里,接受它的抚慰。我就像是一床多年不见阳光的棉絮,被我自己抱出来晾晒一回。一块阳光正好打在脸上,有如信风漫过,也有如一个远方的友人坐在灯下喃喃默念着写给我的书信——我觉得我就要抓住它细微的不易觉察的脚步了,就像我认识的一位诗人在诗中所写:"我抓住了鸟儿飞翔的脚。"可我不敢睁开眼睛,我怕惊跑了它。眼前那个混沌世界里,跃动着一片红晕。

鸟鸣声渐小,风声渐小,我就这样迷迷糊糊地睡着了。

也不知道是什么时候,几个隐隐约约的迢迢遥遥的声音,试图将我从睡梦中摇醒——我并没有醒来,却又实实在在地觉醒了,因为我分明听见了它们,感知到了它们,并在一个混沌不清的世界里,分辨出了它们的身份。那是几剂古刹的钟声,青铜质地的钟声。一下,两下,三下……咚——咚——咚——咚——咚——咚——咚——像深山的云朵一样悠远,却又是圆润洪亮,深沉清远的。记得前后响了七声,每两剂钟声间稍有停顿——

咚——咚——咚——咚——咚——咚——咚——不知在哪一个遥远的角落,在人们午睡的时刻,一个僧人撞响了钟楼里的梵钟。

那自是一个庄严的时刻,一个澄澈的时刻,也是一个令人回味无穷的时刻。

直至此刻,那些钟声,仍在我的身体里回荡。

那时的我,像个睡在摇篮里的婴儿,在冥冥之中听见了内心遥远的召唤,认领了这一世颠沛流离的命运。

与此类似的情景,在这一年还发生过一次。

那是初秋的九月,我在渤海之滨北戴河学习,每天上一堂课,剩下的时间,都由自己支配。更难得的是,我们每个人独自住着一间客房,拥有自己的私人空间和精神生活。那时,我还在南方工作,终日里被烦琐的事务缠身,虚度光阴,不得自由。忽然获得了将近一个月的自由,竟觉得自己一下子成了一个富人,阔气了——对我而言,这确实是难得的礼遇,虽然我对学习本身并不抱多大兴趣和期望。我随身带了一本外国小说,之后又在中秋节期间借社会实践之机,在南京的先锋书店购得好几本思想随笔——我想,有了它们的存在,我不至于将那些来之不易的时间挥霍一空。

然而事与愿违,就在这月中旬,我接到了现在工作单位的电话——我不得不一次次向教员告假,为前途奔波。待到我终于将新工作的事情接洽好回到那个漂亮的院子时,学习已差不多接近尾声。也就是说,我将大半部分时间,浪费在了一次又一次漫长而孤独的风尘仆仆的旅途中。

于是,我不得不把所剩无几的时间花在刀刃上。我把自己关在客房里，进入那个我读了一半的关于寻找梦想的故事。随着阅读的深入，浮躁之心一点点沉下来，渐入佳境。黄玛瑙一般的渤海在几条街道之外，远远地起伏着，我在字里行间亦能捕捉得到它的气象，闻得见它的气息；院子里的核桃树，偶尔会落下一个干净的薄皮核桃，水泥地上随之发出一个清脆的响声。那响声，在院子里四散开来，像是什么东西碎裂了；同学们三三两两地聚在一起，谈笑风生，我偶尔也会加入他们的合唱，讲述一段稀奇可笑的见闻。

我们会成群结队地去看海，白天去过，晚上也去过。记忆最深的是中秋节的那个晚上，我们几个人像沙雕一样坐在沙滩上，看那盘硕大安详的海上明月，没有一个人说话。明月固然好看，但更好看的是它从沧海之中铺过来的一卷起伏动荡的银白织锦，无数个雪亮的光斑在织锦上跳跃着。仿佛有乘坐浮槎的仙人，要从海平线上来。我想我们之所以不愿意开口打破那月色下的寂静，大约都是被那海上的奇异景色吸引了，震慑了。

这个晚上留给我的感受，就像是入了一趟佛门，禅修了两个时辰。或许大海，就是一座寺院。那明月，便是青铜铸就的还在周身铭了《金刚经》的钟；那海龟，便是修行了千年的得道高僧。

说来巧得很，某一日黄昏，我还真听见了钟声。这种感觉也是奇异的。我在结业典礼的发言中，与同学们分享过这件事：

> 好几个黄昏，当我一个人独坐在房间时，我都恍惚在金色的夕光中听到了遥远而深沉的钟声。我猜想，这附近一定

有一座教堂。那钟声,仿佛是从很遥远的地方传来,又像是来自我们的胸膛,让我顿时陷入无边的寂静和安宁。

我想,那一定是文学的声音。

后来经过证实,那附近确实是有一座教堂。据说在礼拜日的那天,你还可以在教堂外听见天籁般的唱诗班的曲子。

我无法知道这两次前后相隔了整整三个月的钟声是否有所关联,但它们对我一定是有所暗示的。或许九月份的那一次,是一个前奏,而这一次,是一个呼应。它们完成了一项使命——在此期间,一个人的命运已被郑重地决定了。

记得在那个位于北戴河安一路上的院子的一角,在一片翠绿的芳草地中立着一方青石,其上刻着清秀像花朵一样的红字,名曰:清怡之地。

而"清怡",恰是我现时生活和现时心境的写照。

姓李的树

三月的一个黄昏,当我和妻手挽着手穿过小区里被春意覆盖而日渐葱茏的林荫道,就要拐弯儿一脚踏进所客居的那栋公寓楼下的过道时,居然不约而同地把那只即将下踏到地面的脚刹住了,继而略带疑惑地抬起头来四处张望。

这种情形,活像是在夜色里行路时,忽然被一束远远射来的雪白的车灯止住了脚步。当然,它们是有着显而易见的区别的。

我们那时忽然停下来,并不是眼前真的出现了形似于车灯一类的东西刺痛了我们的眼睛,也不是怕踩疼了一地春日新鲜的落霞——这是一栋坐南朝北的房子,楼梯口恰好位于北面,因此,楼下的过道终日里颜色晦暗。尤其是在漫长的冬季和连绵数日的雨天,向北的那间客厅,倘若不打开日光灯的话,它阴沉的光景形同揭不开的薄暮,让人感到寒冷。故而入住四个多月以来,我几乎没怎么使用过这个空间,直到上个月我在客厅一角安放了一组书柜一张书桌——而且被一股奇异的如同紫雾般弥漫的清香捉住了魂儿。

这突如其来的清香,径自扑到脸上,毫无准备的人像打了一个激灵一样恍惚了一下——在这一刹那间，只觉眼里升起一团薄薄的雾气，视线模糊不辨，竟如坠梦境。好在那香气不是招人产生幻觉的迷药，反而可以让神思昏沉的人瞬间变得清明——待清醒过来，贪婪之心顿起，赶紧提起腰部以上的身体，闭了眼，提了神，轻微摇晃着头，翕动着鼻翼，深吸了好几口，然后再长长地呼一口气，似乎要把那芬芳一股脑儿地吸入五脏六腑，使其缭绕于日渐浑浊的体内，像檀香一样焚烧。

"这是什么花？"这个问句，仅仅是在心里头一闪而过，那答案就紧接着从嘴角像烟圈儿一样吐了出来。

"李花！"

那确是李花的香味儿——即使把这香味儿烧成灰，我也辨得。

在我所认识的花中，只有几种科目的花，能够从花瓣里溢出李花这种像霞光一样浮动在空气中的暗香，如蜡梅、泡桐，如含笑花，也如广玉兰。可我又觉得蜡梅淡黄的香过于黏稠，泡桐紫色的香过于浓烈，含笑乳白的香过于透熟，广玉兰白净的香过于馥郁。大抵还可以算上桃花，然桃花虽生得清秀，香味儿却极其清浅，甚至难以捕捉。说白一点，桃花的香，非得把鼻子凑近了才得以一见。唯有李花，香远益清，不浑不浊，不浓不淡，不深不浅，不媚不妖，恰到好处，既勾人的魂儿，又不至于惹人生气，还让人回味无穷——像泡桐花的香，"吃"多了是会晕眩的，广玉兰的香吸多了，也是会心生不适之感的——我之所以能够在瞬间咀嚼出它的花名，得自于它留给我的印象实在过于美好。这大抵也是正处于热恋中的人，能够在车站汹涌如流的人群中将对方一眼寻出的缘由。

那李树生在哪呢？

我们立在那条植满了植被的过道里按"香"索"树"，没费多少周折，就与一树李花不期然地在一个微风四伏的春日的黄昏相遇了——这也是一个相当短暂的过程，我们几乎是凭着直觉，或者说是根据鼻子的指引，就发现了那株不言不语的李树。说它不言不语，当然是不恰当的，那淡雅而清远的花香，不就是它的语言吗？我甚至异想天开地想，那源源不断的花香，其实是李树在走向春天的途中哼出的小曲儿，或者说，那是内心犹如圣徒一样光明的花朵们，立在枝头唱出的赞美诗。

那是一株成年的李树。在足有两层楼高的树冠里，在犬牙交错的枝条上，打满了密密匝匝的花骨朵儿。那紫红色的花骨朵儿，小小的一颗颗，像是沉睡的星星，小小的梦，小小的婴儿。向阳的几枝，已率先绽开了。是那些花骨朵儿在做梦时，终于没有忍住满心的欢喜，而扑哧一声笑了出来吗？

哦，更为准确的表述或许应该是这样的：每一根枝条上，都有裂开的花朵，只不过有疏密多少之别罢了。

那小小的如雪的花儿，安静地开着，面目竟比桃花还要清秀，鲜亮而素净的花衣，像是被露水濯洗过，被星光赞美过。薄薄的，宛若蝴蝶的翅。它们就像我去年三月在一座南方城市记录的那样："……开得那样低调，像个乡下姑娘，朴素，却又淡雅，有一股说不出的香味儿，在空气里荡漾。"

相较于这树李花，桃花到底要显得张扬一些，艳丽一些。而正因为那多出来的一点张扬和艳丽，便也相应地多了一分俗气，一分轻薄。尽管我们偶尔在途中撞见的几枝桃花,亦有出淤泥而不染之芳姿。

望着这一树李花,我不禁自责起来。我已在此住了将近半年,每日里从这条过道上进进出出,竟没有注意到路边还种有几株李树,即使它们打满了花骨朵,在枝丫间生出了细小的紫叶,我仍是熟视无睹。

这段时间,几乎是每一个日子,我和妻都会往公园里跑一两趟。我们在那儿惊诧于古黄河边的柳树的枝条竟在一夜之间变柔软了,又在一夜之间发芽了,开花了;卑微而自尊的婆婆纳,竟在随处可见的空地里绽放出蓝色的流动云霞;外形看似饱经风霜的桃树,竟在枝头绽出了硕大的花苞;早些天还坚硬如冰的河水,竟已荡开了满满一河渔网状的柔软水波;日渐清丽的树林和斜斜的河堤上,差不多已是"绿草如茵"了,却就是不曾……

尤其值得检讨的是,从这一株李树下向我们住着的二单元走过去,竟然又看见了三株李树,而且其中一株的树冠,恰好布满了我家客厅的窗户。其横横斜斜的疏影,日夜在窗外摇曳生姿,居然被我冷落到今日。这还真是咫尺天涯。

多么粗心的人呀!

如果不是那一阵奇异花香的提醒,我已不知道美貌如花的三月已来到我的窗前,但是从此以后,我可以自得地模仿鲁迅先生的那个名篇了:"在我的客厅,可以看见窗外有两株树,一株是李树,还有一株也是李树。"

这四株李树,已有三株缀了几枝看似粉白实则是雪白的花朵。只有位于二单元和三单元中间的那株,看遍了,也还不见一朵。不免替它着急：你的步子为何要慢半拍呢？

哪里想到，第二天一大早下楼一瞧，这株不疾不徐的李树，已将繁星般的花朵缀满了枝条。而另外的三株，早已是"千朵万朵压枝低"，株株纷披如雪了。

那景象，还真有几分冬日里小雪压枝的意境。只不过，那花朵，到底是要比雪好看。况且，花朵是可以在枝头翩跹起舞的，甚至还可以让天空摇晃。

宋人卢梅坡在《雪梅》里说："梅须逊雪三分白，雪却输梅一段香。"而李花，既有雪所不及的白，又有梅所不及的香，简直是国色天姿无瑕无疵了；可它又是素朴的，不曾修剪过蛾眉，更不曾施过半点胭脂。

那一树树烟花，直把人看得呆了。看来，李白将三月说成是烟花三月，并非一时心血来潮之说。

我和妻双双立在树下，望着那如瀑的花儿，寂静燃烧的烟花，试图对此可餐秀色做出一个确切的比喻，却是挖空了心思，绞尽了脑汁，也不曾拼凑出一个满意的句子。那比喻，不是太俗气了，就是太陈旧了。

我很泄气地说："它什么也不像，就像李花。"正因为独一无二举世无双，所以无法将旁物拿来譬喻。

妻说，还是曹雪芹老先生厉害，他在《红楼梦》里是这样形容桃李的花朵的：桃李吐霞！（后来翻阅原著查证，曹雪芹原话是"柳垂金线，桃吐丹霞"。虽有两字之差，也不算太坏）妙吧！

果真妙极。

这几树李花，到底是改变了我们慵懒而疏忽的生活。

111

每个清晨，我起床后的第一件事，便是来到客厅，一把推开那扇窗户，迫不及待地把李花清远的香请进屋来。那一树繁花，总让人心情大好，客厅也因此显得愈加明亮；一天之中总有那么几个时刻，我都会从椅子上起身，来到窗前伸个懒腰，瞅一瞅在微风中摇曳的李花；有时，我正伏案读书或写作呢，一缕清香忽地幽幽袭来，入心入脾，入肺入腑。那香，不仅提神解乏，更恍若可遇而不可求的灵感突然光顾于你——仿佛在屋子里，只要你闭上眼睛，就看得见它们如雾气一般浮动的影子。这不禁让人揣度，那花香该是李树的魂儿吧。但当你准备再深吸一口时，那香味儿跟长了腿似的，又不见了，但那悠长的回味儿，仍是绵绵不绝，足可绕梁三日的。

星光摇曳的夜晚，当然是最美好的时辰，虽然只能在窗前望见李树一个影影绰绰的轮廓，从夜色里依稀辨别出隐隐的一树白，但满屋子都跑动着清而不艳、馥而不妖的芳香。有一回，我居然在另外一间不常使用的房子里也觅到了它们的芳踪。春夜原本醉人，更要命的是还有那一股子像涟漪一样在屋子里荡漾的芳香……我一脸醉意地与妻分享我的发现："那香，是像月光一样扑进来的呢。"

当此之时，昏暗的地板上恰好铺着一块菱形的月光。

因有了这番开导，我和妻在散步的途中，发现了更多的花，它们就像宣言一样，在不起眼的角落里兀自张榜发布了。就连那寂静的水杉的丛林里（我一直以为那是一个迟钝而严肃的所在），也已铺上了一条松软的绿毯子，晚间更是星月朗朗，黑色的松枝犹如画笔，在宝蓝色的画布上涂下同样寂静但不失生趣的画作……想必过不了几日,那翡翠一样通体碧绿的松叶也该从那画上发芽了。

窗前挂着一幅上好的画,谁不会动心呢?

我们几乎将生活的步调调整到了最好的状态——我们一致决定恢复中断了数日的晨跑。每天早早地起来,在公园里像草木一样吐纳;每日按时作息,坚持烹饪晚餐,一荤一素,一菜一汤,坚持晚间散步;安静地读书,写作,生活,就像那株晚开的李树一样不疾不徐,不浮不躁,该开花时开花,该结果时结果。

几日下来,竟觉得多年来积存于心的虚浮之心,已除去不少。我为此得出了这样一句感悟:"耀眼的虚伪的勋章,终将一钱不值;眼前的虚名,也将荒芜于昨日。"但我知道,要将淤积在身体里的多余的事物驱赶殆尽,并不是一朝一夕的事情,可我毕竟已初尝滋味——我似乎已真正明了,减法运算之于生活的重要性了。

这个朴素的道理,在李树身上自然也可以得到印证。譬如说它开了一树的花,但不是每朵花都会如愿以偿地成长为一颗散发着甜香味儿的熟透了的李子。

那一树李花馈赠给我的,当然不止于此,它还让我在清风摇花的时刻自然地忆起童年与李树相关的趣事。

但往事不容追忆,当年不谙世事的孩子,早已到了当父亲的而立之年。

可囿于现实问题,我还不想草率地升级为父亲,也就不能享受孩子给我带来的期盼和喜悦。不过,新婚夫妇的乐趣倒也是有的。譬如说我和妻约定以李花为题,各自写一篇作文,看谁写得好。

妻生性聪慧善良，对草木素来抱有好感，且善于观察，也就对它们具备诸多我不曾有的见识和独到的心得，她还信誓旦旦地要写一本有关草木方面的书，因此，她下笔如有神，写得得心应手，早早地交了答卷。

我却不敢轻易下手，怕辜负了李花的一番美意，但又不肯轻易认输，踌躇了一两日，终于在一个临睡前的晚上决定试一试。

而正是这个不知道到底是正确还是错误的决定，把我害苦了——当日晚上，我便失眠了：我的脑子里开满了李花！更要命的是，那些在半梦半醒之间也能散发出阵阵清香的花朵，诱使我打起了作文的腹稿。

或许是李花感知到了我的一片良苦用心，在暗中帮助了我——我的腹稿打得非常顺利，几无障碍，而且是一篇洋洋洒洒的长文。此文将我对于李花的所思所感都完美无憾且有节制地表达了出来。更重要的是，我在腹稿中所呈现出来的那种不急不缓的叙述语调，行文的清爽，文字的漂亮，用词的准确与干练，都让我暗自惊讶不已。那是我长久以来期冀达到却不得的一种境界。根据我的阅读经验来判断，那将是一篇难得的美文。

为此，我在黑暗中激动得想跳下床跑到书桌前将之一字不漏地记录下来——如果我果断地执行了这个在黑暗中一闪而逝的念头，那么我就不会写这篇文章了，而且可以肯定的是，我至今都还沉浸在那种突破自我的喜悦之中。但遗憾的是，我终究没有抵挡住深沉的倦意对我懒惰本性的绑架，并为自己找了若干条理由——既然腹稿打好了，再多打几遍，就能牢记于心了，不怕夜长梦多。

然而,"夜长梦多"这句鬼话,立马就变成了让我一时难以接受的事实——在激动的潮水退却之后,我试图从头到尾地复述那一篇长文时,才无限懊悔地发现,我已将那漂亮如李花的腹稿忘记了一大半,再怎么努力,也不能将那些在中途走失的句子和文字从深渊一般的黑暗中寻找到,带它们回到那原本就是以记忆的方式而存在的腹稿中了。

而记忆,是需要灯光照耀的。那腹稿,就像是用水写在地面的文字,风一吹,日光一晒,字就跑了。

一篇可能会羡煞众人的美文,就因为我的一念之差而毁于一旦。

悔之晚矣!我不仅欺骗了自己,也欺骗了李花。

那一个晚上,我辗转反侧,祈祷奇迹诞生,然而终究一无所获。越是心急如焚,剩下的文字也就消失得越快,真是毫无办法。当预设的闹钟把我从一片痛苦的泥淖中解救出来时,脑海里仅仅剩下了腹稿的标题:"姓李的树"。

现在,我已分不清这一桩叫我至今悔之不迭的离奇事件,到底是南柯一梦,还是真实地发生在我意识清醒的混沌时刻。

它是否还有更深刻的寓意呢?

我不得而知,但可以确定的是,我是愈加喜爱那一树纷披如雪的李花了。

一切变得美好起来。李花时常在我于书桌前举头看望它们之时,轻轻地摇曳着身子,像是在对它们的邻居颔首致意。

就在今天清晨,我又发现了新的秘密。

当我推开窗子观赏那一树李花时，惊讶地发现那树冠上自上而下约占三分之一部分的花朵是染了金丝的，而下半部分的花朵，依然是一枝一枝的雪白。

我疑惑了一会儿，忽然就明白了，原来是旭日东升的霞光穿过层层障碍落在了花朵上，落在了那些香上。

下楼去公园晨跑时，忽见一轮硕大的红日正好出没于这条东西走向的过道尽头翁翁郁郁的树丛之上。仿佛是头一回在那看见太阳。转念细细一想，其实早在半个月前，它一早就守候在那儿了。

太阳已从正东方升起了。

记得冬季时，它几乎是从南方升起来的。那时，我们家只有朝南的阳台和一间空着的卧室能被阳光照耀。

难怪那窗外的光线，不像往日那般阴沉了！

晚餐前，当我再一次将目光聚焦于三月送给我的那一扇花窗上时，一个我在偶然间读到的短句恰逢其时地从那一树雪白中像一缕霞光闪现。

这一瞬间的闪念，恰好解了这些时日来繁密的李花留给我和妻子在修辞上遇到的困境——也就是关于怎么比喻李花的问题。

"没有哪一处人间有这样的灯火。"

这个句子，原是湖北诗人张执浩先生写萤火虫的，但我以为将之用来形容月光下的李花，最适宜不过。

虚构之夜

我几乎陷入了绝境。我在一块荒芜之地左冲右突,却怎么也找不到那扇门了,尽管不远处马路上的灯光,让我不至于是完全在黑夜中摸索。没过膝盖的荒草,摩挲着我的裤腿。这原本是巴掌大的一块地方,地形也极简单,可不知为什么在黑夜中却变得扑朔迷离,似乎漫无边际,尽管那一路灯光已将这块荒地与正在崛起的城市画出了明确的界线。我胡乱地穿梭在荒草中,企图辨认出那一条鸡肠子似的泥巴路。在路灯投射过来的影影绰绰的光线中,我很自然地联想起了一些鬼怪故事。我大声喊叫,可声音刚一出口,就被无尽的荒草吞没了,被马路上的车声淹没了,只有隐约的回声从杂草里传回来。这更增添了几分恐惧——我毫不掩饰当时的恐惧,我在心里猜想我是不是闯入了某块禁地,或者是陷入了什么人布下的迷魂阵,不然就那么一块与马路为邻的小地方,我是不可能迷路的。我感觉得到恐惧那个神秘的东西,就潜伏在我的周围,而且还不安分地躁动着,像疯长的荒草,向理智蔓延。我甚至怀疑,那扇门,根本就是不存在的。

这不是梦境,也不是看恐怖小说,而是真实地发生在我身上。

那天傍晚，我沿着马路散步，打算走到近郊去的。路的左手边是一堵高高的围墙，里面是被圈起来的建筑用地——从围墙上望过去，密密麻麻的脚手架好不醒目。刺耳的切割声，也源源不断地翻墙而出。不曾想到走了一段，一扇开在围墙上的门，豁然出现在我面前。那扇门，是一个天然的取景框，一大片被荒废的农田从天而降。这恰好遂了我的愿。我便沿着那条泥巴路，翻过几处隆起的土坡，来到了那一块荒地。虽然这里离住处不远，我却是首次发现，像哥伦布发现了美洲新大陆。更让我高兴的是，在荒地一侧，卧着一片房屋。那显然是农舍了。

荒地虽然被圈了起来，可看起来依然显得非常空旷。以前的荒地，在这夏季肯定是矗立着一片长成了气候的庄稼，汪洋恣肆地吐着绿色的火焰，蓬蓬勃勃地向着天空和大地深处生长——那一定是一派非常壮观的景象。可如今，各种颜色掺杂在一起的野草，铺了一川——那其实是一片洼地，平坦得让人无缘无故想起川子。荒地的西南部，也就是靠近那片农舍的地带，仍然被农民们种植着菜蔬。那，或许是唯一的慰藉之处。

沿着杂乱的草路和田埂深入，时不时可以看见锄禾和给蔬菜淋粪的农民——空气中弥漫着农家粪独特的香味。

这是乡村的气息。我就是在这种气息的笼罩下，打算踏着暮色，沿着田间明晃晃的小路，从与来时路相反的方向走出这片荒地。可事与愿违，当我走到田野深处，再也没有哪怕一条草路是通向另外一个方向的了。横陈在我眼前的又是一大片荒地，那显然也是由农田演变而来，只不过太过茂密的野草，很难在其上踩出一条路来——我总是担心,这夏季的田野,一定会藏着蛇一类的冷血动物。我企图从另外的方向走出这片荒地,然而那些隆起在田野边缘的土坡,看起来与马路是那么紧密相连,事实上却是一道道不可逾越的鸿沟。突围过几次之后,我决定原路返回,可黑夜已经完全落了下来。临时的记忆并不可靠,我先后两次误入了那个山脚下的村子,第三次才从村子后边的一条模棱两可的土路摸到那一片荒地。

黑夜中的荒地,变成了一座迷宫。马路清晰可辨,可无论我跑到哪里,横亘在眼前的都是那堵高高的围墙。我以为这个晚上我是走不出去了,起伏在黑夜中的荒草,随时都有可能张开一张大嘴,将我吞掉——我落入了恐慌的深渊。我在此挣扎着,努力寻找着那唯一的一条路、一扇门。不知道在荒地中转了多少圈子,碰了多少次灰,才摸着了那几处高高隆起的土坡。借着路灯的光亮,看见了那扇低矮的,开在围墙上的门。

从黑夜中逃遁出来,我对着夜空深深地吐了一口气。

我不曾忘记那个晚上的场景。我一直在心里琢磨,那天晚上发生的事情,一定不是一个普通的迷路事件,而是有着深刻的寓意的,却又百思不得其解。过了两天,我终于抵不住那块神秘土地的诱惑,再次来到了那里。

那是一个刚刚落过雨的上午。

荒地里湿漉漉的,踩在泥土上,鞋沿立即沾了一层黄泥。这一次,我并没有四处走动,而是一直蹲在荒地中央一块隆起的土坡上。那里也被开垦了出来,种着一小畦辣椒。清爽的辣椒树上,开满了拥有六个花瓣的白色花朵,枝丫间垂挂着淡青色的小辣椒。尽管那都是一些迷你花朵,可我分明觉察到了一股清新的气息,笼罩着我。

我有了足够的时间,来观察这块荒地以及那山脚下的农舍——我痴愣愣地望着那片房屋,总觉得有我期待的什么事情,会发生在那里。那是一片没有经过精心设计,随意搭建起来的临时安置房。卷曲的灰色的石棉瓦连成一片,有点灰不溜秋,甚至有点壮观。只有那么几间白墙朱门的房子,像树一样自然地生长在山脚下——它们才是这里的土著。集体匍匐在青山脚下的房屋,像虔诚的圣徒,把信仰抱在怀里。

我在等待这个村子的炊烟。我蹲在地上,想象着青色的炊烟从石棉瓦下飘荡出来的样子。自从告别鄂西山地后,炊烟仿佛突然抽身而出,离我远去。至少,在中国的城市里,你是无法望见炊烟的。幸运来自每一次穿行在广袤的大地上,那些古典的炊烟,总是会在黎明和黄昏时分,从一些散落的村落里飘荡而出。那种感觉,熨帖而惬意,真正的只可意会不可言传——可它究竟是与熨斗截然不同的。熨斗是把皱褶熨成笔直,而炊烟,是把笔直的僵硬的心情,熨出一些褶皱来。散乱,却贴心;绵长,却温暖。

我所在的位置,恰好处在整片房屋和农田的制高点。我蹲在田埂上,像一只把翅膀收起来的鸟,默默地望着对面的巢穴。

记得来路上,在那一条由脚步在荒草地里踩出来的路上,蛰伏着一群一群的麻雀。它们是那么小,像小石子一样在草堆里蹦蹦跳跳;还是那么胆小,只要有那么一丁点风吹草动,它们就忽地像梭子一样从地面弹了出去。我蹲在田间的时候,它们不时从我眼前掠过。

还有比翼鸟，这成对成双的鸟，也会掠过我的头顶，向青山飞去。更多的鸟，该匿在草丛里。它们清脆的叫声，像村庄的一袭曳地长裙，更像盛开的一地花朵。

还有一只一只的白蝴蝶，在草丛间飞舞。精灵一样的白蝴蝶，简直就是唐诗中的意象。它们，是那么轻盈，那么柔弱，那么洁白，那么惹人怜爱！村庄的草们，该有多幸运。白色的、黑色的、彩色的蝴蝶啊，多像那些素颜的乡间女子。

在我的视野里，那一片房子虽然破败，却依然是可以入画的。它依然是美的。这很像我们面对母亲的心境，即便母亲再老，她仍然是我心中在这个世上最美丽的女性。我根本无法解释，为什么将村庄和母亲联系在一起，是那样随意，却又如此确切。

可我依然是悲观的——大片大片的农田已经荒芜，只有这一小部分靠近村庄的土地，才被农民开垦出来，种上了各类时蔬。这样多少叫人有些难过。没有一个勤劳的农民不爱惜土地。我能够读懂他们心里的苦衷。

然而铁证就摆在眼前。我在心里担心，当水泥地从四面八方向这个村庄铺天盖地地涌来的时候，当这里的一切都不复存在的时候，那些握了一辈子锄头的手，将去握什么？那些即使是在黑夜中，也会闪现出月光质地的锄头，以及那么多的农具，将于何处安放？它们的命运将是怎么样的呢？

几个头戴草帽的农民，依然握着锄头，在菜地里躬身劳作。这将是最后的机会了——过不了多久，他们都将放下锄头，摇身变成城里人——过不了多久,这里的一切都将不复存在。城市已从山的两翼、山的对面,迂回包抄了过来。

当我从田埂上站起来,向四周望去的时候,这个村庄的四面八方,早已铺好了笔直而又坚挺的马路。马路对面,是拔地而起的楼房——这比土地上缓慢生长的庄稼,实在是迅速多了,仿佛就是在一夜之间崛起。

这个村庄,已彻底被城市包围。

我蹲在那里,直到双脚隐隐发麻,也不见炊烟从那片农舍里飘出来。我倒是在那个等待的过程中,想起了那个川子里密密匝匝的一川花朵。那都是一些名不见经传的野花,黄色的花蕊,白色的花瓣,像一个个小太阳。漫溢在川子里的花香,不像城市里那些玫瑰花一样妖冶,朴素得叫人真心欢喜。还有那些茂密的野草,怎么看都不像是野的,像极了稻谷。

大地的雍容大度实在叫人惭愧,虽然被下了判决书,它却还是尽心尽力,滋养生灵。那些花和草,都是从无到有的——大地就是造物主,在我们的身边造就着一个个寻常却又伟大的奇迹。没有比生命的诞生,更值得期待与尊敬的了。

可这一切,都是以活着的土地的存在为前提的。只有活着的土地,才能诞生鲜活的生命。

我怀着无尽的怅惘走下了那有点悲壮色彩的土坡。我在那里感受到了大地的力量。我发现只要我的双脚踏上泥土——只要那些孕育生命的泥土出现在我的视野里,自会有一个宁静的气场,散发出它巨大的能量,把我在城市里携带而来的焦虑与烦躁,过滤得一干二净。在那条湿漉漉的草路上,不知怎的,又触景生情地忆起了前两日的事情。

那是一个怎样的傍晚啊,当我在那明晃晃的土路上散步时,脚底下不停地激起扑扑簌簌的声响——那都是青蛙之类的小动物,纷纷跳下溪沟里扑棱起的音符。暮色四合,菜地安宁。一切都在退隐。山脚下亮起了灯的农舍,一下子出落成大地中央唯一的建筑。

周遭升腾起来的气息,那来自泥土深处的滋生生命的气息,把我笼罩其中。

大地笔记

稻谷上的村庄

把身子蹲下来,把头侧下去,偌大的一个村庄,似乎就生长在一片葱绿的禾苗之上。从这个角度望出去,那些红瓦黛墙的房子与天上的云朵一样,都是随风而动的。还没有扬花的禾苗,似乎才是村庄的根和脚。

村庄,只是一粒古老的空谷壳。

我惊异于这个角度的发现,将很多原有的想念给颠覆了。

那个下午,如果你不在我的身边,是断然不会知道我发出了多少感慨的。出了长沙望城县靖港古镇,沿着湘江江堤向北逶迤而行,中途插入一条宽敞的泥土路。墙壁有些斑驳的院子,不时与我在笔直的泥土路上侧肩而过。不少正屋两侧,还搭建着用稻草盖就的茅棚,其上是一派葳蕤的境况——长满了茂密的杂草。想必那都是喂养牲口的茅棚。院前的池塘里,荷叶田田,或红或粉或白的荷花,亭亭玉立。也有挤满了一瀑黄色花朵挂满了灰绿色瓜条的丝瓜架,蓬蓬勃勃地立在路边的坡坎上。鸡啊狗啊猫啊,或忙于生计,或趴在那里,以一双深邃的眼睛打探着你。

被那条泥土路分开的世界,虽离古镇近得离谱,却还是一个活着的村庄。

构成村庄的几个显著要素和那种令人心平气和的气息,都还保存得相当完好。作为一个从村庄里走出来的人,我对那种独属于村庄的气息,很是敏感——只要触摸得到它,我就有回到故乡的感觉——离开了村庄的人,总是容易对那些被农田包围着的院子,产生错觉。那条泥土路是外来侵入者的唯一通道,上面痕迹明显的车辙即是明证。可它究竟还是大地的一部分,马路上的野草们,从未放弃挣扎与突围——它们要重新占领那些被夷为平地的路面。

仅这些纯粹的乡村风物,已足够那些偶然的闯入者们消受了,可我更在意的,是沿那条泥土路向两边铺排开去的稻田——那种绵延不绝的气势,是一部一咏三叹的农业史诗,是自农民心底挥撒下的一大把排比句式的希望。绿色的禾苗,把大地涂抹成了绿色的天空,直至那远处与灰色云朵连为一体的黑色山林。在这个世界上,很难再找得出或创造得出比农田更富有诗意和美感的艺术作品了。漫长的时空跨度和比黄金白银更稀贵的价值,是其他任何一件人为的作品与发明都难以望其项背的。

这部史诗性的作品,是农民世代创作的结晶。

我的胸中,也起伏着绿色的浪波。由于激动,我一下子拍下了好几段关于稻田的视频。我不知道,我为什么会对农田抱有那么大的好感。特别是年龄越大,这种感受越强烈。当你深入稻田的田埂上,眼里就只剩下了那些还在拔节的禾苗;当你站在稻田中央环视一周后,发现稻田以外的事物,不知什么时候已经矮了下去——需要用水灌溉的稻田,在村庄中所处的位置,或许是最低的,但一切又都在稻田之下——这才是大地上真正的高地。村庄和城市巨大的阴影，俨然成为这块高地无声的陪衬和虚化的幻影。

古老的稻谷，就是永恒的真理。

在稻谷面前，一切都退居其次。

这天地间美到极致的所在，让人倍觉踏实。蹲在田间，我发现了那个特别的角度。这个角度，很好地体现了村庄与稻谷的二元关系。假若没有稻谷，没有高粱，没有玉米，没有土豆，村庄还成为村庄吗？只有漫漶着五谷芬芳的村庄，才是可靠的；只有炊烟缭绕的村庄，才是有温度的。

抬头的瞬间，一只在电线上歇脚的燕子，被一缕挟带着禾苗清香的晚风惊起。我怔怔地望着它在村庄上空滑翔的身影，猛然记起了古镇水乡农耕文化展馆前的那副对联：

稻粱千古事，

稼穑一生业。

有生命的土地

我已然彻底变成了一个大地的观察者。

我对大地上事物的繁荣与衰落，对它们的此消彼长充满了浓厚的兴趣。我的眼里，似乎只有大地，只有那些让视野一下子变得异常辽阔的农田，只有那些与我们离得越来越远的山林，只有那些苟延残喘的动物与难得一见的蔚蓝色的天空。其他事物，很难进入我的视野。我的审美趣味几乎全部聚焦在它们身上。我的一大部分感情，也投在它们身上。

尽管我有相当多的时间，都在远离它们的环境里疲于奔命。但我从未停止想念它们。同时想念它们的，不止我一个人。

在我所寄居的那个小区，住着的都是一些公职人员。尽管小区管理处以多种形式进行宣传，并三令五申住户不得在小区内种植蔬菜，可仍屡禁不止。这些种植行为，多半来自那些公职人员年事已高的父母。他们的身份不明，可能是退休在家闲来无事的老教师，也可能是被接进城的乡下农民。有一段时间在小区里散步的时候，发现很多住户门前花坛里的花不翼而飞，取而代之的是一片生长得旺盛的菜蔬。或许是受了管理处的警告吧，花坛没多久就恢复原样，重新栽上了月季一类的花草。可又没几天，花坛周围就多了一圈花盆，盆内的辣椒已绽开了一树米白色的小花，紫苏也长得眉清目秀。

不让种是吧，咱有的是办法。

小区内有一池塘，靠山的那一岸远离道路，就有好事者在柳树下摆放了若干大型花盆，春天是蒜苗，夏天是辣椒，秋天是青菜，还有南瓜的藤蔓，爬满了栅栏。丝瓜呢，吐了一树黄色花朵。乍一看，还以为是老树开花了。不让种是吧，就有人翻过那道一人多高的栅栏，在山脚下开垦出一小片田地来，在那儿撒上了种子。栏内栏外的蔬菜们，时不时还握一下手，拥抱一下呢。最绝的是，在我所居住的楼后，竟然有人在墙根下种上了两垅土豆，生得虎头虎脑，墨绿光鲜，在五月竟开出了朴素喜人的紫蓝色花瓣。房檐下的空地上，是一大片密密麻麻的紫苏。后来才发现那个种土豆与紫苏的人，就是楼上的一个极慈祥的老妇人。她大概是从乡下来专门看管孙子的。可她一有空闲就坐不住了。

我的疑问在于,她把老家的锄头也带来了吗?把老家的泥土、河流和天空也带来了吗?

几乎每个周末,我都会沿着小区西门外一条直通县城的大道散步。这条超级宽敞的大道,是连接城区与郊区的一条大道。若干年以前,河西的这个区,是一片广阔的农田,是河东人一谈起就略显鄙夷,只偶尔过来调调口味的乡下。这条道路和现在我们望不到尽头的新城一样,都是踏着农田的血肉铺就而成的。在这几年里,我目睹了几个城中村的消亡——那些身份即将发生改变的农民,在被"拆"字包围的围墙里面的土地上,抢着种下了最后一季蔬菜。那或许是最后的机会了。我在那些地方,买过农民刚刚从泥土里拔起来的水淋淋的蔬菜,其味道与菜市场的确乎有着天壤之别——在一座被劈成一半的山丘与道路接壤的排水沟的上方,在一条逼仄得只能容下一只脚的土丘上,常年生长着时蔬。不时有农家粪的味道弥漫在道路上空。我不知道它们是谁种下的,长长的一路蔬菜,似乎谁都可以摘一把。可究竟没有看见有人明目张胆地那样做过——虽然这里已经成为城市的一部分区域,但从泥土里生长出来的原有的道德观念,依然还在约束着人们。

有一天,我竟然在那条大道旁的一角,又发现了一块菜地。而就在几天前,它还是一块碎石密布的空地。它的近旁是一个被高高的围墙圈起来的即将消失的村庄。毫无疑问,它们的命运是紧紧绑在一起的。可又是谁,计算好了这块土地将在这个世上消亡的最后日期,而赶紧种上了一小畦四季豆呢?

那些长势良好的四季豆,无疑是对那一小块土地最好的安慰。

估计没有一块地，舍得放手阳光、雨水、空气与自由，而甘愿一生荒芜，甚至被水泥打入十八层地狱永不见天日。

我对这些失去了土地，却依然想方设法进行种植的人，心存好感。因为在他们的心里，土地是有生命的。也只有这些人，才懂得珍惜土地，感恩土地。

我多次提及一件事情，即我在这条日渐繁荣起来的大道上，在一个即将完工的楼盘前的绿化带里，发现了一座简易而破败的土地庙。它孤零零地矗立在周围拔地而起的楼盘中间，喧嚣的车声日夜刺激着它的耳膜。在这片土地还未被征用还未被城市揽入囊中的时候，这小小的土地庙，肯定是一块精神的高地。而现在，我不知道它从哪一块被征用的农田里被人搬迁过来，却是那么渺小。在它倾斜着的门框上有一行醒目的红色笔迹的对联：土中生万物，地里发千样。每天会有许许多多的人路过这里，他们或许看都不会看一眼这个破败的小房子，或许他们压根儿就不知道这还是一座土地庙，但是有人懂得那副对联的深刻含义，懂得生万物发千样的土地——庙门前香烛的灰烬即是最好的证明。

与其说他们供奉的是土地神，不如说他们拜祭的是一条与土地有关的真理。

无独有偶，也就是在前面我提及的那个下午，我从田野回到靖港古镇，在一条不算逼仄的街道上，遇上了一座名为福佑祠乌鸦洲土地的小庙。从名称上来看，建庙者是将土地与祖宗们一起供奉的。难怪在土地庙宇的隔壁还有一间小房子。对人类社会而言，土地与祖宗在某种程度上，具有同等性。庙前也有一副对联：土地恩泽生万物，福佑乌洲赐安康。这与前面那副对联是何其相似啊。

那个土地庙，离田野尚有一些距离，可它的香火从未停止燃烧过。虽与那些大庙比起来，简直是小巫见大巫，可它依然是代表着一种无可替代的存在。

我推算那些前来供奉香火并义务打扫清洁的人，都是那些早已离开了农村生活的古镇居民。

大地上的寄居者

一生下来，我就被大人们哂笑为"黑氏人口"。在我出生的前一年，政府就按人头分了地。我没有赶上趟，以后也没有重新划分土地的事。这就意味着，从出生的那一刻起，我就是一个失去了土地的人，注定了我只能是一个暂时寄居在大地上的人。比我年幼五岁的妹妹，如果还谈自己有没有土地这样幼稚的问题，那就是痴心妄想，近于奢谈了。

许多年以前，我并不知道，如果拥有一两亩土地，是一件多么要紧的事。

那些年头，虽然父母早出晚归，在那四亩多庄稼地里挥汗如雨，可每年春夏之交，真的会闹荒月——粮食每每在这个时候，显得特别紧张。顺利度过青黄不接的月份，不仅需要母亲的精打细算，还需要委屈那些牲口。我在这里说的粮食，是玉米和土豆，它们是鄂西人的日常主食，同时也是牲口们的油。

我一直在心底盘算这样的问题：按理说四亩地也不少了，为什么一年到头来还是不够一家人的口粮？还需要去田地多的人家买一些玉米？是不是父母不事稼穑？

我把责任几乎都推向了父母，就如我面对拖欠学费与生病时没钱治疗这样的事情一样，我都在心里怀疑他们养家糊口的能力。现在想起这些事情的时候，我才明白其中的道理。其实在村子里，除了田地多的几户人家外，其他的大都相差无几，没有余粮，没有余钱。造成这些问题的关键原因，就在于土地的多少。原本是三口人的土地，却硬要养活五口人，还有那么多的牲口。结果是可想而知的。那些年头，包括现在，我一直羡慕那些土地多的人家。

前年回家过春节，我的六叔就告诉我，他要给县里写信。我开始并不知道事情的原委，吃了一惊，觉得闹腾到给县里反映情况的地步，非得是天大的事情不可。

原来他是想让政府给他解决土地的问题。分家的时候，他仅分到一亩地。而现在他生了两个孩子，一亩地怎么能养活四口人呢？我们在私底下算过一笔账，假若他的两个孩子今后都在村子里成家，那么一亩地就要一分为三了，每家三分地；如果是一个孩子留在家，每家可得五分地。当然，最好的打算是两个孩子都能在城里安家落户。人无远虑，必有近忧啊。他总是隐隐担心吃饭的问题，毕竟一亩地确实是太少了。六婶说，在那一块地里，根本就不能再套种其他农作物。一年的粮食，连一头猪都养不肥。六叔说，他要给县里反映这个问题，若不能解决，就反映到州里，再不行，就反映到省里，反映到国务院。

去年我没有回家，听母亲说，六叔和六婶带着小堂弟到浙江打工去了。我不知道他到底给上面写过信没有。这让我想起十多年前父亲被迫走上打工之路的情形。到现在，他已在外打了十多年工，辗转了大半个国家，俨然一个老江湖了。父亲老了，可依然流落在外。几亩农田，实在种不出金元宝。

这是发生在鄂西山区的真实境况。

一个广西的朋友,说他们村子里的人几乎都迁到镇上去了,整个村庄几成空壳。原来生长庄稼的农田,早已是遍地齐腰深的蒿草。我在他发过来的那些照片里,看见的确乎是一个颓唐村庄的影像。他说离开村庄的人,大多数都像他一样在沿海一带打工,挣钱后便发愤在镇上或者县城买房落户,以至于故园荒芜。几乎是同一时段,我跟长沙一个朋友开玩笑说,要去置几亩地,建一个草堂,过一把隐居生活。她便说买地的话呢,可以考虑去他们村子。村里有很多闲地,无人耕种。那些主人们,都到外面讨生活去啦。

想起这些掌故,胸腔里便堵得慌。在乡村,很多人因无田可种不得不背井离乡,可同时又有大片大片的良田因无人耕种而沦为荒田野地。在城市,那些失去了土地的人,想方设法在旮旯和犄角处,种上一两棵玉米或几棵青菜。

这样的悖论,让人无语。

寄居在城市的篱下,我认识了不少因城市扩张而失去了土地的人,他们要么在政府安排的工作岗位上谨小慎微地工作着,要么待在家里无所适从。一双被农业文明打磨得异常粗糙的手,不再握锄头,不再接触泥土,却又怎么也闲不下来。我想,在他们的下意识里,一定是在不断重复握锄头的动作,仍是在以劳作时间安排现在的生活秩序。

他们是被剥夺了农民身份的一群人。

不少人一辈子都在指望有一天能过上城里人的日子,可当这种几乎不可能的妄想有一天真的从天而降,他又整日不得安宁,失魂落魄似的,像丢了一件祖传的宝物:既住不惯鸟笼子似的房子，又没有熟人说话，还不能像过去那样无拘无束，孤独得活像被故乡抛弃了的孤儿。

仍然是上文所述的那个下午，我在那条泥土路的正中央，发现了一条被车轮活活轧进泥土路面的蛇。很显然，它已经死掉了。肯定是它正在跨越那条路的时候，被匆匆而来的一辆车给结束了性命。这是一起蓄意的谋杀事件，还是仅仅属于一次意外的车祸？我们只能根据现场进行无用的猜测。那条蛇，或许还不知道是怎么回事，就不明不白地死掉了。事实上只能说明，在不断变化的生活面前，它还没有保持足够的警惕，或许它把那条即将被水泥覆盖的马路，仍然当成了自己熟悉的地盘。

同样是这个夏天，我还看见过另外一条蛇。

那时，我刚从公交车上跳下来，而它正盘在绿化带下滚烫的马路上。我们把彼此都吓了一跳。根据花纹判断，那是一条毒蛇。马路的背后，就是一座小山。我不知道是什么原因让它从山上爬下来，躺在那条随时都可能毙它命的马路上。虽然我只望了它一眼，便掉头快步走开了，却给它设想了几种命运：返回山上；被好事者打死；过马路时被车轮轧死……

这几种命运都是可能发生的，只有一种，希望实在渺茫得很，甚至是绝无可能的。那即是穿过那些望不见尽头的马路，越过这座看起来不可一世的城市，去到地广物博、气候宜人的乡下。

133

大地的语言

我相信世上万物都是有语言的。

人类自不必说。会鸣叫、歌唱的飞禽走兽也不必说。就连蜜蜂、蝴蝶、蚂蚁等昆虫，也有自己的语言。它们有自己的言说方式，只是需要解谜一般地翻译过来。或因它们的声音太微弱了，即使是它们在愤怒地呐喊，忘乎所以地唱情歌，或聚在一起大肆欢呼庆贺，我们也不会听到。它们的语言于我们而言是陌生的。但这些，都是大地的语言。

我们的语言也是大地的一部分。我们的语言在大地上像藤萝一样生长，葳蕤，繁衍，延续……个体的语言，除了通过口口相传和记录于案外，最终都会回到大地的腹地。它们不会消失，而是变回大地的一部分，准备再次发芽、生长，等春风吹绿。

大地的语言无处不在，我们和动植物都是它的嘴巴。

大地记得每一个人的名字。在村庄里，它忽然想起某一个人了，想亲切地叫一下他，就把这种愿望告诉一种小鸟。某天清晨，当你推开院门，或者正躬身于田垄劳作，突然听见有一个声音在云雾里在树林中在你的头顶清脆而悠扬地唤你的名字，请你不要惊讶：那是大地在叫你。或许是你太善良了，太仁慈了，积累了德行，大地有意要通过这种方式点点你的名，让村子里的人和有灵性的虫鱼鸟兽都记住你。

每年春天，大地都要让布谷鸟善意地提醒村庄里的每一个人。布谷声声，春光撩人。在春光里播种的人，神采奕奕。而在夏天，大地又唤来无数的知了，在翡翠一般的玉米林里，日复一日地呼喊：胡子胡子挂起！这声音仿佛是两军交战时擂响的鼓声。玉米林有了磅礴的气势，犹如大军压境，势不可当。日渐丰满的玉米，向村庄步步紧逼。村庄在鼓声中变矮。知了催促玉米成熟，直到秋天玉米归仓。

在村庄生活久了，都知道看云识天气。要下雨了，大地会变成一片苍黄，天地间骤然有了色彩，像一幅油画。天黄晴地黄雨，大地一点也不说谎。它会通知池塘中一种叫"水呱呱"的浮游虫类，不停地在水面翻滚；通知蚂蚁，让它们赶紧搬家；通知蛇，让它们爬往高地；通知蜻蜓，聚在一起狂欢乱舞；通知觅食的母鸡，早早归巢……

它还会将雨季到来的消息，告诉给那些长年劳作的庄稼人。在雨季到来之前，他们过度劳累的身体就会在前一两天发出信号——腰和小腿阵阵酸疼。那是无声的语言，从地面蔓延到身体里。它还将消息写在墙壁上，像有人将石头里的水挤了出来。那是潮湿的语言，屋子里有一股霉味。

闪电和雷声，是天空的语言。风声和雨声，是大地的语言。它们最终在大地上找到归宿，落入地下，滋润万物，催发新生。

大地的语言，有很多种。有一些深藏地下，可能永远也不为人所知。就像那些被泥土和时光埋葬的朝代，需要我们进行挖掘和清理，才能让丢失已久的语言重见天日。那种语言附在各色文物中，镌刻在书简之上。一砖一石一钵一碗一文一字，都是语言。大地呈现在各个地方的语言也不尽相同，只有那些一生都守候在一个地方的人，才能听见大地隐秘的召唤，读懂它千奇百怪的语言。就像只有那些常年在泥土中劳作的人，才能听见禾苗拔节的声音，梦见果树开花。

在村庄里，我到处游荡。我发现树木是有语言的。一棵树喜欢沉默不语。两棵树想要交谈，需要借助一阵风或者一只鸟，将它们的话进行传递。风和鸟是信使。每每有风来临，树们欣喜若狂，敲响周身成千上万枚铃铛。这是温和的语言。我多次听见过树另外的语言，那是疼痛的、流血的、愤怒的语言。树在大风中折断了胳膊，会歇斯底里地发出一声惨叫，如霹雳，叫人心咯噔颤抖一下；树在被人用斧头用力地砍伐之时，如同赴死的烈士。斧头砍在树身上发出的声音，空洞，沉闷，穿透村庄的心脏，那是绵长不绝的疼。只有在最后猛然倒下之时，其声才如晴天闷雷，把大地震醒。

在田埂上拾起一枚田螺壳，把它放到耳边，就会有嗡嗡之声不绝如缕。声音的尽头好似一片无边无际的大海。深入山中洞穴，也会有奇怪的声音，不断地从地心处源源传来，仿佛有一部电台在离我们很遥远的地方忘我地工作。若把耳朵贴近大地，仔细聆听，你会发现那里简直就是一个声音加工厂，会有绵密的、湿润的、宽厚的声音抵达我们的心灵，叫人心生温暖，备感踏实。

大地的语言，虽然众多，却井然有序。

曾一个人坐在月光下，周边一片静寂。闭上眼睛，听蛐蛐在草丛中弹奏。它们是大地的天使，弹奏出人间天籁，一曲曲掸走心上尘垢。我沉浸于它们的弹唱之中。在恍惚里，忽觉脚边的青草也在秘密交谈，合上蛐蛐的节拍在月光下旋转。树们也在风中鼓掌。最后，万物加入合唱。那么多的声音，在蛐蛐小提琴的旋律中，成为天地间动人的交响。

我永远记得水在山谷间流动的哗哗声，石头在悬崖上滚落的隆隆声，锄头在泥土里刨出的嚓嚓声，泥土裂开时的囔囔声，植被生长的呲呲声……花开花落，草枯草荣，时序更迭，都是大地的语言。

大地的语言，朴素，真挚，动人心弦。

那也是上苍的耳语。

父与子

从招待所起来,还是七点钟光景,还没有那么早的车到镇上去。

门前正落着密密匝匝的雪花,地上已是厚厚一层积雪。在招待所老板的招呼下,我撩起取暖炉一角的布帘子,将腿盖住了取暖,与老板面对面地坐着,有一搭没一搭地谈着闲话。见我是个读书人,他便给我讲起他一对儿女来年高考的事情。言辞中,他对他们全是求全责备,可还是流露出了他作为父亲的期许。

印象最深刻的一段话,是他对于读书究竟有没有用而做出的最基本的判断:"大家现在最关心的是钞票,但只要他们有出息考上了大学,即使砸锅卖铁,我也是要供他们去念的。我要把自己的责任尽到,至于以后混成什么样,得看他们自己的造化。"我一下子对这位素不相识的父亲肃然起敬。

他的话,自然使我想起了我刚考上大学那一年的事情。前一年把右脚摔成了粉碎性骨折的父亲,还没有康复,家中的经济一时捉襟见肘。不少邻人到我家游说,大肆宣扬读书无用论。还好父亲决心坚定,他咬着牙关,拄着拐杖,四处张罗借钱,将我送入了大学。

人活脸，树活皮。天下的父亲们，都是好面子的。

恰在此时，父亲打来电话，说他会安排车来接我，担心我在这个人生地不熟的陌生镇子上挨宰。

我理解他的一番好意，但还是坚决谢绝了。我知道他根本无车可安排。如果我答应了，他便会翻开他那个皱皱巴巴的电话簿，挨个给村子里那些跑运输的司机打电话，请他们从县城返回的时候，顺便把我捎到镇上。

见我决心已定，他有些失落地叮嘱我，车快到镇上时，给他电话，他去镇上接我。我告诉他我自己回家就行了。他说我不认得路。我回答说认得，再说嘴巴长在我自己脸上。他最终说了一句话，我再也无从反驳："我反正是要到镇上办事的，不碍事。"说完就匆匆挂了电话。

我其实是担心他的脚，走几里山路，很吃亏。他的那只右脚，只要是下雨下雪天或者是路走多了，就会钻心地疼。

而父亲，总喜欢在儿子面前充作英雄，摆出一副父亲的架子来。在这样的时候，他肯定忘记儿子早已长大成人了。不少时候，我也觉得自己在父母面前，始终是长不大的孩子。可实际上，随着时间的推移，我们的角色正在悄悄地发生转换。

与老板聊了将近一个小时，我从招待所里出来，一头扎入风雪中，找寻回镇上的面包车。没费多少力气，就找到了一辆。车顶积了厚厚一层雪，车内冷得酷似冰窖。我和其他乘客在车中足足等了两个多小时，结果还是被那位捎我上车的中年妇女转手卖给了一辆中巴。

这是我不愿意回家的原因。

还好父亲不时打来电话，提醒我家的温暖就要扑面而来了。

路面结着厚厚的冰层，车开得异常缓慢。起伏连绵的青山和山脚下的庄稼地，都被大雪压住了，隐隐现出一个轮廓。归心似箭的人，彼此安慰。

快到镇上时，我按约定给父亲打了个电话。看时间，已近午时。

我们镇海拔低，沿河地带没有站住雪，车开得快。半小时不到，车就越过了大河，停在了镇街上。车门冻住了，打不开，我从车窗里跳下来。

再次给父亲电话，他说一会儿就到了，让我在邮局门口等他。

我想象着父亲的样子。两年未见，不知又是如何苍老了！前年回家，也是相隔了两年，结果等我在院子里见着他和母亲时，简直不敢相信自己的眼睛，完全不是我记忆里的模样了。时间催人老，世上心疼事多，但没有比看着父母一日比一日苍老更令人心疼的。

终于看见父亲了，他戴一顶灰色鸭舌帽，背一个背篓，从一条湿漉漉的巷子里走出来，朝赶场的人群里望了望，便径直向邮局这边蹒跚而来。

他没有我想象的那样苍老，气色甚至比前两年略好。我感到一丝宽慰。

我朝他挥了挥手，并没有迎上去。他看见了，甚至没有微笑一下，只是嘴角翘了翘，朝我走来。我们像两个对上暗号的地下党员，没有寒暄，没有拥抱，仅仅对视了一下，我就默默地跟在了他身后。

他确实有事要办。他说要买一个水泵，好将太阳能安装好，同时还要给两家店铺还一部分债。家里的债务，我是清楚的。他和母亲扩建厢房，买建筑和装修材料，欠下了一些债。我问他还得清吗，他说一下子没有那么多现钱，年底了，先还一部分，再不济也要给人家打一声招呼。

我体验过欠债的滋味儿，便倍加理解父亲的难处。明天就是除夕了。

穿过一条街道的时候，父亲突然叫住了一个人。在他们的交谈中，我知道那是一个赊了建筑材料给父亲的商人。父亲从怀里掏出一包纸烟，给那个建筑商点上一支，并有些局促地告诉他，明年春上再将余款还给他，"请您谅解"。

我在一旁看着父亲卑微的样子，心里很不是滋味。要是我带了足够多的钱回家，就用不着他厚着脸皮请别人谅解了，何况那建筑商看起来要比父亲年轻许多。我记得年轻气盛时的父亲，是很有一些傲气的。

回家路上，我委婉地告诉他，既然家里没有那么多活钱，就不该赊账建房子。心里头堆着账，人老得快。

他的回答让我再次无从反驳：村里人都把房子装修得漂漂亮亮的了，我两个儿子在外面工作，还有个女儿读大学，怎么也得把房子装修好啊。

父亲带我走的是一条少有人走的野路。积雪刚刚融化，路面全是没过鞋帮的泥泞，我疼惜鞋子，迟迟不敢落脚，走得很慢。

在一个特别湿滑的路段,背着一背篓物品的父亲,转过身来,关切地望着我,并退回一步,向我伸出粗糙的右手——我迟疑了一下,从路旁庄稼地的田埂上爬了上去。

随着海拔渐升,田野里的积雪越来越深,马路也越来越难走。在一个拐弯处,父亲不小心脚底一滑,"哎哟"一声,差点摔倒。我紧跟两步跑到他身边,打算扶他一把——他却摆摆手,定了定神,继续艰难地行走着。

一路没有多少话,欲言又止。

乡村安魂曲

一

那个冬日的上午,我见了祖母最后一面——在知客司仪当众宣布孝子孝孙见祖母最后一面之时。在此之前,她已经在一间黑色的屋子里躺了两天两夜。在此之后,她将永远躺在黑夜里。

她的儿子们已站在高脚板凳上躬身围着她,脸含悲戚地,耐心细致地为她盖上了一床又一床颜色鲜艳的廉价绸面,大概还精心地为她整理了一下仪容。估计在他们的记忆中,他们还从来没有在母亲面前显示出如此好的耐心。

我和堂兄堂妹们立在五叔家堂屋的角落里,望着两三个昼夜以来不曾合过眼的父辈们忙碌。他们一个个神情肃穆,满眼通红,举止庄重,言语短促而哀伤。他们在同一时刻苍老了十岁抑或二十岁。年纪最小的叔父,抹了好几把眼睛。

我的父辈们,在十一年前失去了父亲,又在这一天失去了母亲。

他们一下子变成了孤儿。

轮到我们这一辈的时候,我迟迟迈不开脚步。我与另外一个自己暗自做着一番激烈的思想斗争。

我不敢面对那个时候的祖母。

我怕见了她,晚上会做噩梦,尽管她是我的祖母——事实上,这种担心并非无中生有。之后的许多个夜晚,只要我一闭上眼睛,我所看见的那一幕,就从我紧闭的眼前跳跃而出。我拼命地暗示自己不要去想,可那一幕竟是那么顽固,活像一个挥之不去的幽灵。我因为恐惧而彻夜不眠。

可另外一个我,又不断提醒我不管怎样都要踏上那条板凳,与她见上一面。最后的一面。

"她是你的祖母。"

堂兄堂妹们一一从我面前经过。我在他们脸上没有看到恐惧。他们沉默着从我面前返回,一脸哀伤地离开了堂屋。在越来越空旷的堂屋里,我像一个无处可躲的人,被一盏聚光灯照耀着,被无数双雪亮的眼睛盯着,被逼上了一条绝路——实际上,没有一个人注意我。

我权衡再三,终于鼓足了勇气,长吸了一口气,踏上了那条高脚板凳。像是有人给我下达了一道命令。但我知道,是一股无形的力量把我推了上去。

我见到了祖母。那是一幅无论如何也想象不到的画面。她被大红大紫的绸缎簇拥着,头上戴着一顶青色帽子,像一个正在睡梦中过着荣华富贵生活的地主婆。这种绫罗绸缎的生活,一定被她奢望过,现在终于了却了心愿。

她更像一尊菩萨,甚至像一个被包裹起来的"刚出生的老妪"(马尔克斯描写乌尔苏拉老年时的样子)。

她的面目是那样端庄，神情是那样安详——跟她坐在椅子上打盹儿时没有什么两样。如果她换个地方躺着，人们肯定只是觉得她睡着了。

谁也不会把这个面目安详的老太太，与那个被人们视为巫婆一般古怪的人联系起来，与那个令儿子们头疼让儿媳们避之不及的老妪联系起来，与那个既诅咒过儿子也诅咒过孙子的老人联系起来。

我必须得承认，这么多年以来，我从未改变过也从未掩饰过我对祖母的态度——我不喜欢她。在我的心底，她不是一个好邻居，不是一个好母亲，也不是一个好祖母。她过去的所作所为给我留下了阴影。

奇怪的是，当我在这一天面对如此安详的祖母时，我在不安与恐惧中忽然发现，所有的恩怨与前嫌，都在这个时刻获得了冰释；所有的误会与曲解，都在这个时刻得到了澄清；所有的阴影与暗面，都在这个时刻自动消失了。

所有的事情都已不再重要，所有的事情都已成为遥远的过去……

猝不及防地，我的眼里涌起一股酸涩，眼泪就要掉下来——真相像一道闪电，像一把刀子，总是残酷地把我们从表象抑或幻想中强行带到必须面对的现实面前。祖母就要上山了。

四天前的那个晚上，我们去看望祖母时，她还躺在卧室，躺在她睡了多年的床上。而几天不见，她就已躺进了永恒的黑夜之中。在空间上看，她只不过是从卧室移到了堂屋，只不过换了一个睡觉的地方。以前，她无数次从卧室走向堂屋走向院子走向田野,最终都回到了那间卧室,但这次不一样,她将像一阵风,像风中的一朵菊花一样消失在田野。

那大约是我长大成人以后,第一次走进祖母的卧室。那是一个陌生的狭小的几无陈设的房间。自然,卧室里的东西都不属于她,那间卧室更不属于她。从某种意义上说,她更像是一位寄人篱下的寄居者。

那天的祖母神志清醒,还能把上身微微抬起,还能挥手示意,还能表达自己的想法。彼时,小幺将一套叫人刚刚从镇上捎回来的崭新的睡衣拿给她,她一个劲儿地拒绝:"不要——不要——买这么多做什么呢?"

我们兄妹好几人,簇拥在祖母局促的卧室。她将头高高抬起,并将皱纹满布的脸毫无保留地绽开。她冲着我们傻呵呵地笑——与她多年来的笑容几乎一模一样——她已经不能下地行走了,她已经卧床两个月了,她已经吃不下什么东西了,可她还在冲我们笑,跟身体安然无恙似的。

虽然已不能一一叫出我们的名字,但她依然把一个祖母的慈祥馈赠给了我们。那是她最后的礼物。

那一天的祖母,气色虽然看起来不错——甚至给人以某种错觉而对她不容乐观的前景产生不切实际的幻想——但仍然流露出前所未有的衰老迹象:满头纷披白雪,是那样苍凉,像一座雪山那样苍凉。

那两天,小幺百思不得其解地问,祖母的卧室里,为什么总飘荡着一股令人蹙眉的异味?尽管幺婶给祖母认真地清洗过身子,置换了干净的床单与被单,可异味依然。父亲解释说,那是因为祖母长期卧床所致。他还说,再健康的人,卧床两月,身上也会散发出异味。

当时,我是认同父亲的看法的。动物在熟睡之时都会发出难闻的气味,人也不能例外。祖母躺了整整两个月,无人与她说话,而她又不能自由活动,睡觉便成为她迫不得已的功课,以至于她的身上一直散发着熟睡动物的气味。

现在,我有无数个理由相信,那种让小幺百思不得其解的气味其实是死神出入祖母的房间时遗留下来的气息。奄奄一息的祖母,日夜被这种气息笼罩着。惹得像幽灵一样出没的乌鸦,昼夜不停地在村庄上空盘旋鸣叫。

记得四五岁时,觉得乌鸦"啊啊啊"的叫声独特,便咿咿呀呀地跟着叫。祖母说:"学乌鸦叫,嘴巴会变臭。你肯定不想嘴巴变臭。"我们便闭嘴了。

现在,我们把嘴闭得更紧了。因为祖母在乌鸦漆黑的叫声中消失了。祖母一定是被乌鸦的叫声驮走了。可恶的乌鸦,该死的乌鸦。

二

许多个冬天之前,祖母就已被我们遗忘。她独自生活在一片黑暗中,被巨大的孤独包围着,吞噬着。

"现在要么是在这里坐着,要么就是在底下门口坐着。"她坐在五叔家的电视机前很无奈地对我们如是说。她皱着的眉头间,含混的眼神里,净是叹息。

不知道从哪一年开始,她就成天坐在一把椅子上打盹儿,仿佛有人捆住了她的双脚,直至暮色像命运一样从屋檐上降落下来,她才缓缓起身回到室内。

而可耻的时间像一条无家可归的狗,在她的眼皮子底下窜来窜去,就在她坐在门口打盹儿的时候,就在她望着远方发呆的时候,就在她与陌生路人搭话的时候。可她对此毫不知情,就像她对自己身体的败落视而不见一样。

祖母或许从来不曾预料到,以前不能容忍丁点儿瑕疵,总想在儿媳们面前树立至高无上的家长权威的自己,有朝一日竟会变成一个老态龙钟、耳背眼花、手无缚鸡之力的老太太,变成一个经常给儿子添乱的多余人,一个可有可无的角色。

祖母变成了一团无人呼吸的空气。

在孤独的晚年,没有一个故交登门拜访,并与她一起追忆往昔,没有一个儿孙愿意聆听她的唠叨。因此,她不得不将平生往事尘封于心底,同时不得不保留她对现实生活的看法——一旦她发一下牢骚,就会招致儿子的责备。她最多喃喃自语一番。

事实上,早在十二年前,自从祖父离开后,祖母就过上了这种无人问津的生活——尽管祖父还在世时,他们就已分居多年。那个时候,她独自一人居住在两间低矮的老房子里,白天在那几分养老田里操劳,晚上用一盏孤灯照亮灶台,照亮独居者的凄凉晚景。

那个时候,我的父辈们就已很少与他们的母亲交流,除非她在生活上遇到了非常棘手的问题,他们才踏进她的家门。他们再也不曾像小时候那样,把针尖般大小的事都从心窝里掏出来与他们的母亲进行分享,再也不会与她就某一件事进行商量。他们一定认为，他们的母亲，我们的祖母，已被时代淘汰出局。

我们这一辈人，与她更是存在天然的无法逾越的代沟。

在我的记忆中，没有一个堂兄堂妹试图与她进行真正意义上的对话。每次遇见她，或专程去看望她，我们都只是礼节性地与之寒暄几句，之后再无言语。我们把她当成一团空气晾在角落里。

刚开始，她像一把不会说话的椅子，郁郁寡欢地坐在被我们忽视的灰色地带。但当她对这一待遇习以为常时，她渐渐将自己坐成一尊菩萨，傻呵呵地望着我们笑，或者凝望着某一个点，一动也不动，像是进入了沉思的神迷状态。

祖母自然知道被人遗忘的后果：一旦退出对家庭事务的管理，就会变成一件碍手碍脚的摆设，一个包袱，一个任务。

就像刚刚失明时不甘心就此退出家庭生活的乌尔苏拉一样，祖母也曾极力想将自己从那种百无聊赖的生活中，从那种深渊般可怕的孤独里挽救出来，以表明自己虽然年事已高，但并非百无一用。

2014年端午节期间，我就见她试图帮五婶收拾晒在院坝里的粮食，结果被阻止。因为一不留神儿，她就可能摔个跟头。前车之鉴，让五婶怕了。

一个孤独的老人，是很容易把记忆弄丢的。就像一个舌头正常的人，如果几年不开口说话，就有可能变成一个哑巴。而当一个老人因为无人对话而只能靠反复咀嚼记忆以打发时间时，记忆就可能发生错乱，游离，甚至背叛，丢失。

2013年，祖母已显露出意识模糊的端倪。大年三十的晚上，我耐心与之交谈，想从她的口中抢救一些有价值的记忆，却是枉费工夫。虽然她也做出了全力配合我的姿态，但她的回答总是驴唇不对马嘴——她一个人断断续续地追忆着年轻时候的往事，惹得我们哭笑不得。

第二年正月，伯父在一个大雪纷扬的黄昏给我讲述过一个更为可笑但也更可悲的掌故：祖母在年前摔过一跤，卧床不起，伯父前去探望，祖母和他谈论起他的兄弟们，结果她怎么也想不起老三的名字了。"你猜她怎么说？'反正是住在公路上边的那家……'"伯父听了如堕云雾，过了半晌才明白他母亲的语义指向。

时间似乎还可以追溯得更早，不记得是 2011 年，还是 2012 年年底，祖母就不认识我了，她以为前去看望她的，是我的一位堂弟。

三

"上了年纪的老鼠是灰色的，身体臃肿，像是它们一辈子只受到爱抚似的。它们无声地窜来窜去，沿着脚步拖出又长又圆的痕迹……"当我在赫塔·米勒的短篇小说《低地》中读到这段话时，我以为她写的是我晚年的祖母。

晚年的祖母，与一只上了年纪的灰色老鼠确实有着太多的相似之处，身体臃肿，行动缓慢，神情呆滞，无声无息，像一团向时光深处蹒跚而去的灰色的影子。她咀嚼食物的时候，尤其像一只老鼠，不剩一颗牙齿的嘴巴嚅动着，腮帮子一鼓一瘪的，像有一只小动物在里面拱来拱去。

可她没有变成一只真正的老鼠,而是变成了一只可怜巴巴的足球。尽管她在八十余年的岁月里从未见识过这种黑白相间,外形呈网状结构的球,更不知其游戏规则,可她确确实实变成了一只货真价实的足球。

他们的命运,实在毫无二致。

我已不能确定祖母究竟是在哪一年哪一月变成一只足球的了,但可以肯定的是,我那时尚且年少,对于人世间的纷争和亲人间的微妙关系还懵懂无知,而她已不再年轻,毕竟她已是许多个孩子的祖母。

还可以肯定的是,即使有孙辈不嫌麻烦地给她解释足球是怎么一回事,即使对于球类没有一点概念的她也完全明白了游戏规则,她也一定不会把自己与一只被踢来踢去的足球联系起来。

"我这一生养育了七个儿子,怎么会变成一只足球呢?"她一定会这样说。

祖母不可能知道真相。"她的一生都过得糊里糊涂的,对于生活没有一点把握。"大家都这么说。

事实上也是这样,就在她奄奄一息之时,就在她与世长辞之际,她仍然不曾摆脱作为一只足球的可悲命运。那个看不见星星的凌晨,她的儿子们正站在黑夜中争吵不休。他们激烈的措辞,像星光一样迸溅。

他们争吵的主题,更像是一个永恒的母题,因为这么多年来,它从未发生改变:"我们该怎样赡养自己的母亲。"

祖父一早就确定了赡养他的人选——他的第四个儿子,我的四叔,一个习惯默默做事而不事声张的人,一个可以托付终身的人，但赡养祖母的人选一直不曾明确。祖父曾多次召开家庭会议，对几个儿子施行过许多软硬兼施的办法，但直至他离开人世，祖母也没有得到妥善安置。

祖母的养老问题一直悬着。"她的不幸遭遇，都是她咎由自取。如果她的嘴巴不那么令人厌烦的话，她是可以安度一个幸福的晚年的。"不仅局外人这样认为，她的儿子们也这样认为，她的孙辈们也这样认为。

可嘴巴长在她的脸上，谁也管不了。或许连她自己也管不了。多年以前，妯娌们在串门谈天时，时常提起祖母的那张嘴巴。在她们眼里，那是一张比老鼠的嘴巴更可恨的嘴巴。她们都不喜欢那张嘴巴。

那张爬满了皱纹的嘴巴，总是会发出咕叽咕叽的声音。听起来，就跟老鼠在黑夜里咀嚼粮食时发出的声音一模一样。

那张咕叽咕叽的嘴巴，总喜欢对儿媳们的所作所为指指点点，品头判足。实际上，她的儿媳们，无论在哪一方面，都不比她逊色。

正是这张在妯娌们看来喜欢无中生有，喜欢在鸡蛋里挑骨头的嘴巴，把它的主人变成了一位长舌妇，变成了一个不受欢迎的人。

最让她们难以忍受的是，祖母喜欢当着某个儿媳的面，夸另外几个儿媳的好——在她们看来，婆婆含沙射影的话，无异于打了她们一记耳光，虽然心里不快，却又不好发作。祖母还经常在外人面前，在不合时宜的场合，数落她们的不是。然而，她上午说出去的话，下午就进了她们的耳朵。

记忆有时候是残酷无情的。在我的记忆中，好像没有几位婶子不曾与祖母发生口角的。在经过长时间的忍气吞声之后，忍无可忍的她们，受够了的她们，终于对"恶婆婆"的压迫进行反击了，并在无形之中形成了一个联盟。

　　她们甚至背地里为祖母送了一个十分形象的别称：怪老婆子。每当她们谈起祖母，总是说：怪老婆子……怪老婆子……

　　就这样，在不知不觉间，祖母被儿媳们孤立起来。她对此可能有所觉察，可她并没有对自身的言行进行反省，也没有意识到与儿媳交恶的严重性，依然我行我素，嘴不饶人，以至于与儿媳们越来越疏远。

　　因为那张嘴巴，祖母不仅失去了儿媳们的好感，也伤透了儿子们的心。

　　有几年，她和祖父与交恶的儿子们形同陌路——即使狭路相逢了，也互不言语，甚至与祖父一道，怂恿并默认外人与自己的儿子大动干戈。多年以后，当母亲偶尔回忆起那一段段不堪回首的往事时，仍然心有余悸。

　　祖母终于尝到了自己亲手种下的苦果——在年老之时，没有一个儿子愿意接纳她，没有一个儿媳愿意接纳她，大家都怕她的一张嘴巴，而她最疼爱的幺儿在一个她从未到过的地方做了上门女婿，一年也难得见上一面。

　　祖母的嘴巴，把老年的她变成一只旋转在空中的足球。

　　多年过去，我同样已不能确定，祖母究竟是在哪一年哪一月跟着大幺一家生活的。大幺那时在镇上的水泥厂工作，是兄弟中唯一一个有着正当工作和稳定收入的人。幺婶也很贤惠。两口子将日子过得很红火。

祖母若一心一意地跟着他们,理应会享几年清福的,但她管不住自己的嘴巴,不仅与幺婶发生言语上的冲突,还经常在其他儿子面前告幺婶的状,在其他儿媳面前数落幺婶的不是,以至于勉强维持的婆媳关系渐渐失和。

在一次激烈争吵之后,幺婶一气之下远走他乡,数年不归。大幺不得不辞去工作,将女儿托付给一位婶子照看,就此踏上了漫长的打工之路,至今漂泊在外。毕竟孩子不能没有母亲,一个家不能说散就散了。

这个事件影响深远。大幺家好端端的新房,由于长久无人居住,门窗油漆剥落,门锁锈迹斑斑,室内尘灰遍地。更重要的是,祖母再次成为无依无靠的孤家寡人,不得不一个人生活。

被巨大的孤独笼罩着,祖母该咀嚼出苦涩的味道,并在反刍中意识到自身的问题。可在几年之后,五叔将祖母接到家中后,她依然管不住自己的嘴巴。

正如你猜测的那样,祖母过得并不愉快——可以预见,无论她住到哪个儿子家,都不会过得愉快——过不了多少日子,就会听见她的哭泣声自五叔家传出。

但无论如何,祖母终究有了着落,就像一只在空中不停旋转着的足球终于落到了草地上。所有人都松了一口气。人们总喜欢在一件悬而未决的事情得到缓解之时松一口气。可意外还是发生了。

如果不是发生这次致命的意外,祖母将活得更为长久,长命百岁也说不定。当然,也就不会出现我的父辈们在黑夜中为了他们母亲的赡养问题而争吵不休的那一幕了,她也就不会跟着受辱。

2014年冬季的一天,八十二岁的祖母在楼梯上一脚踩虚。随着一阵沉重的闷响,身体臃肿的她,从楼梯口滚落到了一楼冰冷的水泥地上,动弹不得。

这一跤,比往年的任何事故都要严重,不仅摔坏了她脆弱的尾脊骨,还摔碎了她作为一个人的尊严——她从此卧床不起。据说还挫伤了神经,导致她大小便失禁。总之,问题比想象得还要坏。

五婶每天服侍于祖母的床榻,一个多月下来,渐感吃力。于是,五叔向他的同胞弟兄们提出,要么轮流照顾他们的母亲,要么由他的妻子一个人照顾,但他们得支付一定的护理费,按月结算。

祖母至死没有逃脱作为一只足球的命运。

那大约是她的宿命。

四

事实上,早在半年前的端午节期间,我就在祖母身上发现了某些不可阻遏的东西。

那一天——那是怎样遥远的一天啊——祖母坐在五叔家一楼的客厅里笑意盈盈地接受了我们的拜访。那时正值中午,一道炽热的阳光从门口铺过来,直铺到祖母灰色的鞋子上。祖母臃肿的身体,被从地面折射而来的光笼罩着。从这条阳光之河的另一岸望过去,坐在彼岸的祖母就像周身被一圈光晕环绕。但在言谈之间,我的内心还是受到了不小的震动。

那种震动,来自我对祖母的打量,来自时间对一个人悄无声息的风蚀。

说不清楚是什么原因,在我的记忆中,祖母一直是那样老——咀嚼东西时,嘴巴里像有一只小动物拱来拱去——也差不多一直是那一身装扮,仿佛她这饱受争议的一生不曾年轻过,但也没有继续向前滑行,仿佛她衰老的步伐,就此停留在了某一个台阶上,停留在了某一个固定不变的点上。

说不定,祖母在无意之中发现了某种抑制衰老的秘方,并偷偷服食,这不是没有可能。她以前住着的那几间光线暗淡的老房子,在潮湿的雨季,瓦椽与房梁会在夜间秘密地生长出花纹绮丽的蘑菇。

说不定,祖母就是服食了那些蘑菇。据孩子们猜测,那些蘑菇,很有可能就是传说中的灵芝,但无人敢用舌头品尝。就连最大胆的孩子也不敢。他们把它们遗弃在了记忆的废墟里。

我以为偷偷服食灵芝的祖母是不会继续变老的,可就在这一天,我惊奇地发现,祖母满月般的脸已经坍塌败落,就像大幺家粉饰一新的房子,有一天忽然就油漆剥落殆尽,蛛网遍布角落;一双被一圈皱纹包围起来的眼睛,已经浑浊无神,黯淡无光了;一双哆哆嗦嗦的腿,已不能很好地支撑她的身体,已经不大听她的使唤,她因此经常跌倒在地……

祖母的身体,已经被无孔不入的时间风蚀成一座废墟,犹如西格弗里德·伦茨笔下的那个已经倒塌、没有叶片、一动也不动的四月里的风磨。这不免又让我想起去世之前的乌尔苏拉:她日渐一日越发瘦小，变成胎儿，变成木乃伊，到最后几个月仿佛裹着睡衣的李子干，那永远高举的手臂活像蜘蛛猴的爪子……

祖母虽没有像乌尔苏拉那样变成胎儿、木乃伊与李子干，但确实与之前的模样迥然有别。一时间，不同时期的祖母从一个遥远的地方向我走过来：

那个是在一架外形黝黑锃亮、柜门上镶有黄铜环扣的碗橱里像魔法师一样变出一个红扑扑苹果的祖母。那时的苹果树早已落光了叶子，光秃秃地站在厨房外边的空地上。她神秘地叮嘱我，苹果要偷偷地吃，不要让别人看见。

那个是在一个秋天把我和堂弟堂妹从祖父大大咧咧的骂声中解救出来的祖母。那一天，我们相约去偷祖父的苹果，没想到刚刚爬上树就被他逮个正着。在他的骂声中，我们像猴子一样跳下苹果树，躲在树下茂密的魔芋林里不敢吭声。

那个是在我放寒暑假后，千方百计要为我张罗一顿饭菜的祖母。哪怕我因为莫名其妙地嫌弃她而拒绝去她独自居住的那间老房子，她也不生气，总要花一个上午的时间烧火炒菜，然后用一个包袱装着提到我们家的院子里来——打开包袱时，腾腾热气与菜香味儿从碗盏里扑面而来。

那个是在一个三月提着一篮子鸡蛋来给父亲过生日的祖母；那个是在池塘里淘洗洋芋的祖母；那个是在院子前边晾晒衣服的祖母；那个是正唱着摇篮曲哄堂妹睡觉的祖母；那个是在清晨站在门口梳洗的祖母……

当然，在所有的祖母中，让我记忆最为深刻的，是那个在一个夏秋之际的日子袒露着一对如同布袋般的乳房的祖母。

时至今日,我仍然不知道该怎么描述那个被尘封多年的日子,那个注定了要被我永久记忆的日子。请原谅,我已经忘记,我在那个日子是因为左手背上长了一个馒头大小的红疙瘩而要去请祖父的。

事情是这样猝不及防地发生的:当我坐在堂屋后面的客厅里和祖父聊天时,竟意外地发现在厨房准备午餐的祖母赤裸着上身。我赶紧移走目光,再也不敢抬头望向她,即使她时不时走到客厅里来提炉子上的水或到壁橱里拿东西。

我只是感觉到一团月光在我眼前移动。

祖母变成了一个发光体。

更让我措手不及的是,吃饭时,祖母也没有穿上衣裳,她依然赤裸着上身坐在我的对面。她不时给我碗里夹菜。她炒的菜,都是我爱吃的,我没有理由拒绝。祖父坐在我的旁边,与我谈着话,一副见怪不怪的样子。

尽管刻意回避,可我仍然在无意间瞥见了祖母。她像一尊圣母像坐在我的对面,一对布袋般的乳房静静地垂挂在她尚且丰腴的胸前,活像两条被去了皮的小冬瓜。祖母的脸上和手上早已爬满了皱纹,但乳房上没有。

那是我平生第一次看见女人的乳房。我感到羞愧,难为情,无地自容,脸红耳赤。多年以后,当我再次回想起那幅画面时,我看见的居然是蒙娜丽莎。

真是不可思议。

记忆中的祖母,喜欢在后脑勺上盘一个民国时流行的发髻,把头发梳理得一丝不乱,每一根花白的头发都看得清楚来龙去脉——那大概是她在出阁前就已养成的习惯——发髻间斜插着一个印有蝴蝶图案的褐色发夹。

她年轻的时候,大约也是个美人。

五

我的父辈们从未在我面前提起过祖母年轻时的往事。大约是因我从未向他们请教这个问题,他们也就觉得没有义务主动告知——或许他们认为根本没有这个必要;或许祖母的早年生活,对她的儿子们而言,也是一个谜。而当他们开始记事时,祖母已彻底沦为一位唠叨不尽的家庭主妇,也实在没有多少传说可言。即便她曾给他们留下过较为深刻的记忆,你也很难证明,那些记忆就是经得起时间考验的。尤其是在他们各自有了家室以后,他们的母亲一而再再而三地干预他们的生活,时常因为一些鸡毛蒜皮的事与他们大动干戈,继而与他们形同陌路,甚至故意制造事端,让他们兄弟失和,水火不容,他们也就更不愿意多说一句。

我从他们的态度里看得出来,他们在内心里并不认同他们的母亲,甚至对她糊里糊涂的一生充满了轻视和否定。

我也从来不曾想过要去打听祖母的过往。那么不明事理的一个人,我实在没有多少心情去追溯她的人生。

谁也没有想到,祖母竟在最后的岁月里追忆起了她在年轻时代鲜为人知的经历。而作为讲述者的她,已与将过去和现在完全混淆的乌尔苏拉无异。

事情发生于我在前文提及过的2013年大年三十的晚上。我和兄妹们在给她拜年请安之后,专程向她打听我们家族历史的故实,她却顾左右而言他,沉浸于对往事的追忆之中。尽管我多次打断她的追忆,试图让她走出往事的泥淖以回答我们的问题,然而,一脸惊讶的她,在茫然不知所措地打量了我们一眼之后,又开始了喃喃自语般的讲述,直到我们感到厌倦,继而起身告辞。

我们都对祖母带有自传性质的讲述充满质疑。

虽然她的讲述不仅像屋檐下的雨珠子一样断断续续,同时有多条线索相互交织齐头并进,而且因为跳跃性太大使得前后左右的内容听起来并没有多少逻辑关系,甚至是互相矛盾的,但我依然像一个技艺超群的炼金术士,从一大堆冗繁无用的话语迷障中分离出了她的黄金岁月。

她的过去,果真如她所说吗?在祖母的追忆中,她嫁给祖父之前,是一个可塑性特别强的人,理由是她受到了时任乡长周桂菊(音)的器重。

她的原话是这样的:"周桂菊培养我,她到哪开会都会带着我。她坐在主席台上说话,我也跟着说话。"——在现代语境中,祖母无异于扮演着乡长机要秘书一类的重要角色。

有意思的是,周桂菊当选乡长一事,在祖母的叙述中,还与她的支持紧密相关,两者之间甚至构成了因果关系:"那时乡里开会选举,大队的人集中在一起,我就标她的名字,结果她当了乡长。"

祖母继续说:"我驻在村里,他们都听我安排,虽然我不识字。我开会,安排生产,都有工分。"——她已经说得足够透明了,那个时候,她的身份差不多就是一个驻村干部。她所需要做的事情,就是全心全意地开会与安排生产。

然而，她出众的才能并没有在中国社会基层的政治舞台上长久地施展下去，而是被浪费在了烦琐的家庭事务中与望不到尽头的苦日子里："来到这里时，要服侍他奶奶。把饭做好了送到床上，每天（给她）洗三遍（身子），端屎端尿。日子苦啊，那么大一家人，全靠我一个人。"

"村小学两个学生，五花寨两个。每天晚上，我要打一个魔芋豆腐，一个细豆腐，第二天天不亮就背出去卖。"

她还谈及去山上打柴的往事："我每次背三捆柴，这么粗，全部是这么粗的。"她一边声情并茂地讲述，一边把双手合在一起比画柴火的粗细。

忽然，她拐了个弯，数落起她去世多年的丈夫——她的表兄，我们的祖父——挖苦他是一位手无缚鸡之力的无用书生："他爸爸小时候吃面糊长大的，没有一点力气。背背不起，挑挑不起，只会算账，躲在家里读书。"

如果不是祖父娶了她，她的人生肯定是另外一番气象，她也就不会吃这么多苦。她在心底一定是这么想的。

祖母不时用粗糙的手掌揩着眼角浑浊的泪花，并不失时机地感叹命运："我就是命不好。命不好，喊天都不行。苦了一辈子，终于好过一点了。可是现在吃饭摔跤，上厕所摔跤，胳膊和腿都不中用了。"

"我就吃亏在没有读书，不识字。"祖母总结道。眼看着我们就要起身告辞，她又突兀地补充了一句："我一个人把那么大一个家撑着。"

我曾向父辈们求证祖母所忆之事的真伪，然而他们对此都只

161

是付之一笑,并没有正面回答我。然而,种种迹象表明,他们并非首次听到她的故事。

我最终选择了相信,毕竟任何一个人都拥有在晚年追忆美好岁月的权利,只是暗自吃惊——一如十余年之前,在与祖母的闲谈中,我忽然为从她布满皱纹的嘴唇里冒出来的"思想"二字感到震惊不已。

原来,被我们遗忘了多年的祖母,被我们认为终其一生都碌碌无为的祖母,也有一段被光环笼罩的过去。而且她在人生最后的岁月里仍对这个光环充满怀念,并将之当成一笔记忆遗产,讲述给了她的孙辈。

我在祖母身上窥见了时间的秘密。哪怕你是一堵密不透风的墙,它也有本事将你变得千疮百孔,面目全非。它有的是耐心,没有它扳不倒的牛。

六

晚景凄凉的祖母一定不曾预料到,她的葬礼会是那么隆重。在长达八十二年的人生岁月里,祖母也不一定见识过如此隆重的葬礼。

前来吊唁的人络绎不绝,马路上的鞭炮声此起彼伏,厨房里的流水席一桌紧接一桌。五叔家前方的院子里坐满了披麻戴孝的人——没找着地方坐的,只能站着。在他们的脸上,你看不到一丝悲伤。

他们更像是来赶集的,会友的,甚至像是参加一个古老的盛大的节日。他们三三两两聚在一起,问询着彼此的近况,嘻嘻哈哈开着玩笑。就是我们直系亲属,偶尔也会从悲伤中抬起头来,露出一个短暂的笑容。

被遗忘多年的祖母,通过这一不同寻常的方式,终于从毫不起眼的灰色地带重回到生活舞台的中心,从狭小的卧室走到了宽敞明亮的堂屋——仿佛从幕后走向了前台;她通过这一方式,重新唤起了人们对她的记忆——人们在交谈中,或多或少都会提及她,尤其是她的几位同辈人。

祖母是他们的一面镜子。

那两日,祖母隆重的葬礼成为村子里毫无争议的头版头条新闻。那是人们给予亡者的礼遇。

但知情者都知道,在这条新闻的背后,隐藏着太多太多的故事。这些故事,犹如不敢见光的黑幕,将我的父辈们,甚至是将我们整个家族,推上了风口浪尖,推到了一盏周遭坐满了观众的聚光灯下。

大家一早就预料到,五叔和小幺会将伯父和叔父们召集在一起,重议祖母的赡养事宜。

在反复的讨论中,大家一致否决了按月坐庄式的轮流照顾祖母的方案——祖母年事已高,身子骨原本就脆弱,而且带病在身,经不起折腾。况且搬来转去,折腾的不仅仅是肉身——大家都同意每月凑份子,支付给五婶。

我们都说:"这么多儿子,如果连一个妈都养不起,岂不让人家笑话。"只是每个月究竟支付多少数目,父辈们尚没有形成统一口径,毕竟还需与五叔商酌。

事情的真相堪称滑稽:他们几兄弟正聚集在五叔家的院子里

进行激烈的谈判,一件大事的意外发生,就让他们在此之前所做出的全部努力与妥协宣告破产了——意识迷糊的祖母,在他们的争吵声中撒手人寰了。

祖母或许是真的被尚未痊愈的伤痛折磨得油尽灯枯了,又或许是在昏迷之中感知到了她的儿子们还在为她争吵不休,但是她又无力劝阻,同时感到无限凄凉,只好选择离开。事后,就有人开玩笑说,祖母是被她的儿子们气死的。

遗憾的是,祖母的离开,并未达到她的本意,既未消除横亘在他们兄弟之间的隔阂,也没有让他们醒悟。他们在另外一条歧途上越走越远,在如何操办祖母的葬礼这件事上大吵起来——无非是操办葬礼费用的摊派问题——之后又在祖母下葬的日期上出现严重分歧。

迷信风水的五叔,抱着几本风水学与算命绝学一类的书籍,自行推算了日期,坚持要等到来年三月再安葬;而伯父、父亲、四叔和小幺则坚持在腊月二十四这一天安葬祖母。

"否则,我们就不管了。"他们撂下这么一句气话。

腊月二十四,正是五叔请来的道士先生选定的吉日。而五叔之所以又推翻这个日子,按照他的兄弟们的说法,他是太执着于他所收藏的那几本算命秘籍了。

在那两日,双方各持己见,互不让步,几兄弟的嗓子都因为争执不休而严重受损——说起话来,沙哑,陌生。知客司仪——他们的叔父,以及诸多同族兄弟都纷纷从中说和:"早点下葬吧,免得老人受苦。"但五叔依然一意孤行。

谈判的过程显得漫长而又艰难。尽管势单力薄,在理字上又不占一横一竖,但五叔还在做着最后的博弈。在腊月二十三日为祖母守灵的那个晚上,他还抱着一本风水学方面的书急不可耐地找到我,企图说服我,进而用我的意见来说服我的父亲、伯父、四叔和小幺……

五叔最终还是被迫接受了既定的方案,祖母的葬礼也才得以在二十四日上午如期举行,再未出现其他波折。

我们的父辈并没有在他们父母亲的墓前立一块墓碑。据说不立墓碑,不刻墓志铭,是我们这一门向氏的传统,但没有人能够道出一个令人信服的原委。只是有人说,这一祖训现在已有所松动。"传统,不还是人定的。"他们说。

那个冬日的正午时分,当成千上万发礼炮从田野里前赴后继地冲上天空,在树梢间密集地炸响,并弥漫开来一大片刺鼻的烟雾时,祖母所有的儿孙都站在那个空旷的院落里,凝望着那无比庄重的一幕。

那一幕,极有可能是这块土地上有史以来最热闹的一幕,最隆重的一幕。

消逝的原野

我坐在草丛中的石块上,望着疯长了一季的青草,向着我看不见的地方蔓延。那些迷惘而又倔强的草,在一天之中最后的光线里,恍若一个巨大的草场。刚好没过脚踝的草们,在湿湿的风中推拥着。大地像涨潮了,一层层绿色的波浪在寂静里来回起伏。我静静地坐在那里,聆听着草丛中交错发出的各种响声。大自然在这最为静寂的时刻,奏起了隐秘而和谐的旋律。那旋律像一条河,在草丛深处,在山脚下似风一般细碎地流淌,也在我心间流淌。我感觉到了泥土的体温和呼吸,我甚至不敢挪动脚步,怕惊扰它们早已制定好的秩序。和煦的晚风徐徐合上了天地之间的幕布,夜神的黑色大氅渐渐将大地覆盖。借着最后的天光,那些迷惘而又倔强的草,让我产生永远走不出去的错觉,仿佛它们立即会从几尺之外的地方,像猛然失去了控制的河水,把我吞没。

那是绝望又令人心悸的幻想,是值得万分期待的——它确实有着令人在短时间内安静下来的不可思议的力量。

我慢慢阖上眼帘,把自己彻底地融入那一块原野里。带点甜香的晚风一次次吹拂我的身体,那隐秘的却又无处不在的旋律一次次漫过我心灵的堤岸。不大一会儿,我就觉得自己越来越像一株草了。我和它们一起,打开了身体,把内心的绿色拧成一盏灯,照耀着大地上的荒凉之处。泥土,离我是那样近——只要我俯下身子,就可以把双手贴近它,与它紧紧相握。我沉迷于这样的状态。可不知是风中夹杂的泡桐花沁人心脾的清香,还是马路上的口哨声,让我一下子清醒了过来。我坐着的那一片原野,只不过是院子里的一块空地。那些草,也都是漫不经心地生长出来的,它们并不知道自己会在无意间丰盈了一个人的想象,并成为他追踪一些在大地上已经消失了的生命的线索。

某个春日的黄昏,我在郊外散步,偶然发现了一架通往山冈的台阶。山冈上生长着葳蕤的树林。台阶连接的是一个怎样的世界?我禁不住诱惑,拾级而上。横在眼前的,是一条窄窄的明晃晃的水泥路,向树林的深处蔓延开去,大有曲径通幽之感。我怀着好奇的心情,沿着那条清幽小道,一直走到了尽头——两座坟墓赫然出现在一块台地上。那里不是山冈的最高处,却紧连路边。山下的马路与对面的人烟,就在视野里。它们很安然,似乎把所有的形式都呈现到了两块墓碑上。很显然,它们已融入了苍茫的大地和混沌的时间。漫长的寂寞,在林子里开成了一朵朵美丽的杜鹃。

偶然地闯入,我似乎进入了一块生命的禁地——生与死的界线,在这里是如此清晰,却又是异常模糊。他们经历了怎样的一生?为什么要将最后的归宿定在靠近路边的山冈上?生命本身就是丰富多彩的,且充满了无穷的变数。一个人在大地上度过的一生,只有他自己能够完整地叙述。所以对于生命存在形式的猜想,无疑会得出多种结果,但哪一种都将不得要领。毕竟他们已经将属于它们的原野,带入了泥土——而他们最后的归属地,却又会纳入他们子孙后代的原野,也会在无意间成为如我等闯入者的原野的一部分内容,并为我们理解生命、思考生命,提供最直接的灵感。

这是在远离鄂西山地的土地上,我所见证到的生命在落幕之后,归入一片寂寥的情景。而这样的情景又何其多,几乎在每一次的远行中,总会有隐约可见的墓地和醒目的墓碑,间歇地出现在农田深处,或青山脚下,在车窗外飞逝而过。它们在视野里呈现的形态,已经和漫无边际的农田、静静流淌的小河、淡青色的山冈,没有了多大的差异——它们不仅仅融入了田园,也融入了家园。但是,它们作为生命曾经存在的标志,是怎么也抹杀不掉的。这或许也是它们存在的最大的价值。我们的原野,因为生命的融入,从来就是一个活着的原野,一个有历史的原野。

不久之前,正当大地蓬蓬勃勃地发育时,我的大祖父融入了大地。在他入土为安一个多月后,我才知道了消息。我并没有感到多少悲恸,因听说他是在去年冬天摔坏了腿,在床上一直挨到了离去之日,其间从没有下过地——他的离开,未尝不是对于痛苦的解脱。不过我仍感到万分遗憾——他们那一代人,几乎都已完成了一生的使命,走向了最后的归宿。存于世的他,意义不仅在于他的生命之路仍在继续行走,更在于他代表着一个时代活着。而他的离开,掐断了那根连接着一代人与下几代人的链条——尽管我的祖母如今也还健在,但不知为什么,对于她的言论，我总是持怀疑态度。我在几年前准备对整个家族的脉络和祖上的情况进行梳理时，就已经意识到了大祖父的重要性。他是向家院子最年长的老人，同时又有一身传奇经历——虽然在向家后辈大多数人的眼里，他只是一个普通的老头儿——很多时候，世俗观念总是左右着我们的评判态度，我们在乎的只是一个人现在呈现于我们眼前的状态，而忽略了他或许是英雄般的过去——一个再平凡的人，很有可能都曾做过或梦想着做一番轰轰烈烈的事业。我把他看成了了解家族史的突破口。

有关大祖父的传奇经历，最早的版本流传在我的少年时代。那时，在农闲的夜晚，大人们总是会围坐在火炉边谈天说地，当如大祖父这样的祖辈参与进来时，聊天就变成了对往事的追忆。不过时间已经将那时的记忆吹散，变得模糊不清，只是隐隐记得大祖父在年轻时，曾被抓过壮丁，在军队服役。在他神采奕奕的讲述里，总流露着一股狠气与豪情——解放前的那一段民不聊生的年月，恰逢他们那一代人的青葱年华。尽管父辈们常常对他的讲述产生怀疑——那或许是每一代人都不会轻易地臣服于前一代人的缘故所致，但我一直是相信他的，并最终演变成了试图把他一生的经历，复活在薄薄的纸张上。

前年回家时，我还造访过他的院子，和他围坐在火炉边——我迫不及待地露出一副记者的嘴脸来，向他提出了一连串的问题。可惜年老的大祖父已经耳背眼花，连记忆也衰退了不少。他的语言，我听起来也特别吃力——似乎人上了年纪，就换用了另外一套语言系统。但总算确定了他曾经从过军的事实。据他回忆，他在部队是一个警卫兵，腰带里别着盒子炮，在剧院和防空洞里站岗。排长是我祖母的哥哥,也就是我父亲的舅父。大祖父随部队沿江东下,去过武汉、南京、徐州等大城市——他或许是他们那一代人中,在外闯荡见过大世面的少数者之一。即便是现在,绝大部分的山里人都还是在山坳里困守终生,很少有机会到县城走一趟。他还提到了他们团长的名字,甚至还提到了白崇禧,直到1945年抗日战争胜利,他才脱下戎装,回到向家院子。但类似于这样的比较正式的谈话,仅那一次。我无从掌握大祖父一生的经历,更无从了解那些曾经真实发生过,如今却隐藏在时间深处的细节。

出乎意料的是,在谈话中,他竟意外地谈到了生死——那大概源于我路过他的院子,是去拜祭大祖母。风轻云淡般的感慨,真像院子里扬起的一阵风,泊在窗子外的一个云团,没有丝毫的哀叹。或许在他的眼里,死亡已是一个无需害怕,更无需黯然神伤的必然结局,只是人的一生必然要经过的一个仪式,与生一般平淡,也如生一般隆重。可我还是一个劲儿地安慰他,因我将打开他的身世之谜与家族之谜的机会,都寄托在了下一次的会面上。我总以为,命硬的大祖父会好好地活着,为晚辈们留下一个时代的孤本。而那一次谈话,已成为他与我这个孙辈的最后的晤面。

大祖父的原野,由早年的戎马生涯与后来的农民生活共同构成。在那一块举世无双的原野上,我想既有奔赴抗日前线时飞渡关山的豪情壮志,也有耕田种地生儿育女的辛酸与喜悦。老年的大祖父脸上与手背上,布满了山川一般的沟壑,长满了时间的荆棘,但那丝毫不能掩盖曾经的辉煌——我确信每一块原野,都会经历属于自己的辉煌时期,而就是那一抹辉煌的色彩,即会将整块原野涂抹得像丰收的田野一样,闪烁着非凡的光芒——它会被岁月锻打成一柄利剑,随时准备将生活中的眼泪与痛苦,削为落花与流水,削为云烟——而事实上,一生多灾多难的大祖父,似乎真有那么一股力量,在暗中支撑着他。然而无论怎样,大祖父已将他的原野,无可挽回地带走了。他的离开,意味着为一个时代作注的注脚已经彻底坍塌。我原计划用他的一生经历,来填补向家院子历史的空白,而那空白是永远地留在了那里,再也填不满。我知道,他和消失的原野一样,将被渐渐淡忘。虽然他曾真实地在大地上生活了一生,但在向家院子之外,他极有可能成为一个语焉不详的传说。

不难猜测,大祖父最终是与大祖母在地下重逢了。虽然他们在生前,特别是在老年阶段,大有"道不同不足为谋"的架势,经常狼烟四起。人在逝去后,如果真有另外一种生命的话,我想他们肯定是再也不会闹别扭了——那是天长地久的厮守。哪里还有比这样一种相守相依的方式,更加牢靠的呢?而在离他们的归宿地不远的地方(仅仅隔着一个向家院子和几丘梯田),隆起着另外一座土丘,那是我祖父最后的安息之地。他们的位置,恰好一个在向家院子之南,一个在向家院子之北。大祖父和祖父虽同出一脉,可如果站在人类学的角度来考察,他们两人无疑又是向氏家族两个分支的先祖。所以他们在大地上所占据的位置,在向家后人的眼里,分外耀目。

我的祖父已过世多年。他的墓地每年都会长出杂草,开满不知名的花朵。可很多年过去了,我一直以为他仍然活着,只不过他改变了出没向家院子的惯常规律,更改了起居时间,仅此而已。很多时候,我感觉他就在院子里游荡,或者背着双手,在田间地头巡视庄稼。在大地上生活了一生,便留下了怎么也消散不掉的气息。他的气息,汇聚着他生前生活的全部内容。或许,那就是灵魂的呈现方式吧。可他生前并不招人喜欢。他对自家儿子偏狭的自私和对外人的豪爽,几乎引起了所有人的不满——我已记不清,他在有生之年,究竟与儿子们产生过多少次不快,就连我们孙辈也曾对他怀恨在心。那不只是因我们摘了他果园里的苹果他就扬言要严惩我们,还在于他与父辈们恶劣的关系,严重影响到了我们正常的生活。可他终究是我们的祖父——就如父亲和叔父们,每次在遭受到来自祖父的诘难时,总是持十二分的隐忍态度——我想他们的理由,不外乎也是因为他们是他的儿子。就如同我理解父亲和叔父们当年的苦衷一样,若干年后,我似乎终于也能理解祖父暴戾的脾性了。

作为七个孩子的父亲,祖父究竟承受了多大的生存压力,那是一个已经无法得到答案的问题。不过,如果我们把特定的时间,追溯到20世纪五六十年代,就不难进行揣测。那个远去的时代,是一个什么样的生活状况,无需我在此赘言。但值得补充的是,在新中国成立前接受过国民小学完整且正规教育的祖父,曾有机会到县里去供职,却不得不为了日益沉重的家庭负担而放弃,先后做了村小教师、公社仓库保管员,最后成为农民。他的一生,没有如大祖父从戎的传奇经历,可我们不能忽视的是,他是他们那个时代为数不多的乡村知识分子。他的一生,即是那个时代知识分子生存境况的最好写照。我想祖父在年轻时,肯定也是怀有一腔抱负的，只不过被做父亲的责任感击破了。在贫困的黄土地上，有几个人天生就甘愿做一世农民呢？祖父在晚年留给我们的印象，可证实如上的猜测。他的几个儿子，都忠实地继承了他不得不选择的衣钵——在泥土里挣扎着生活。他便把所有的希望都寄托在孙辈身上，一心希望在我们这一辈人中，能有人考秀才，取状元。可直到他去世的那一年，他也没有亲眼看见。那一年我正念高三，可他等不及高考放榜，就在春天融入了泥土。如此看来，他的一生，实则是一个悲剧。

有意味的是，祖父过世的那一年，向家院子所有竹园里的荆竹，都开出了一生一世的花朵。据说竹子开花，是需要积攒几百年的精血的，而花期之后，竹子就"还原"了——也就是说那些竹子生命不再。祖父与竹子，是否存在着某种命理上的关联，已无法考证，只是后来我在父亲和叔父们的谈话间，无意听见了这样一件不为外族人知晓的事情：

当年插在祖父坟头的两根竹枝，竟奇迹般地抽出了新芽……

雕刻时间的人

"狮子"忽然大声吠叫。我跑到院子里循声张望。有两个男人正从我们家门前的马路上往镇上的方向步行,脚步声嚓嚓直响。其中一个朝我们家的院子瞥了长长的一眼,然后对另一个人说:"这户人家的男主人是个乡村建筑师!木工活、石匠活样样精通。可惜……"另一个人随声附和,也投来一瞥好奇的目光。两副陌生面孔,我从来没有见过,不知道是哪个村子的。我目送他们已不再年轻的背影消失在马路的拐弯处,抬头望了望瓦蓝瓦蓝的天空,轻轻地叹息了一声。

这一幕,一直被我完好无损地保存在脑海里。只是我已不能确定,它是在生活中真实地发生过,还是来自某个梦境——自从父亲离开我们后,这样的事情好像经常发生。我一度混淆了记忆和梦境的边界。但是有些事情,我是不会把它们与梦境混为一谈的。绝对不会。因为它们替我保存着一个非虚构的父亲。只是,我不能根据时间的先后顺序,把它们排成整齐的一列。过去的时间,已经失去了精准的刻度。

关于父亲最早的记忆,可以是他穿着一件背心在院子里挥舞着一把锋利的斧头劈过冬的木柴，也可以是他手握一支杉树皮火把从大海一样深邃的黑夜里浮现出他模糊的脸部轮廓，还可以是他坐在冬日的炉火边一边煨茶一边听家族里的长者们谈天。但在此刻，我看到的画面，却是父亲背着一背篓做木工活所需的工具正从院子背后的那条小路上大踏步地向我走来，右手拎着一把刚刚矫正过锯齿的锯子，左边的上衣口袋里鼓鼓囊囊的，装着两个红彤彤的橘子。他的脚步轻快有力，脸上镀了一层夕阳金色的余晖，嘴巴微启——大约是在心底哼唱着一支不知名的小曲儿。那是父亲干完了木工活，从邻村回来了。

如那个外乡人所说，父亲确实是小镇上远近闻名的手艺人。在过去相当漫长的一个时期，时常会有一些或熟识或陌生的人拎着一两样礼物前来拜访父亲。他们在言谈间毕恭毕敬地尊称父亲为"向师傅"。他们是来请父亲出山给他们打制家具或主持建房大计的。而那个时候的父亲，脾气很大，甚至还有些傲慢，并不是有求必应。他喜欢结交性格豪爽之士。他的骨子里，颇有一点草莽英雄的味道。

若是答应了来访者的请求，父亲就会进入工作间收拾工具，不同型号的刨子，不同尺寸的凿子，两到三把锯子，木工斧、墨斗、卷尺、三角尺、平铲等，被他一一从抽屉或某个只有他知晓的角落里翻找出来，然后装进背篓——一只他专用的小背篓。与家人告辞后，来访者背着工具在前边引路，父亲背着双手跟在后边，两人一路说笑，身影很快就消失在了山水间。往往，他都会在别人家里待上十天半月才会回来。

自然，父亲也会在家里做木工活。我们家的门窗，房子前檐楼柱下活灵活现的木灯笼，盛放衣物的木箱，餐桌，乃至床榻，都出自父亲之手。那多半是在出不了门的雨雪天气。他在堂屋里用两条板凳支起一张简易的工作台，台面上摆满了工具。由于天气糟糕，我们也无事可做，于是观看父亲干活便成了我们必修的一门功课。若是被父亲叫去给他帮一个小忙，我们都有一种受宠若惊的感觉。譬如他在使用墨斗给木料打线的时候，总是会叫上我和哥哥中的一个，吩咐我们用右手的大拇指摁住那只拴着墨线的生铁环。我们乐意给父亲打下手，即便有着墨线弹落时溅一手墨汁的风险。

父亲工作时的样子不仅认真，而且专业。他是时常保持着那个刨木方的姿势的。他把身体弯成一只大虾，双脚一前一后地蹬着，双手一伸一曲地把刨子用力地推向前方，双眼须臾不离工作台。他像一个机器人那样，无数次地重复着那个单调乏味的动作，柔软的带着体温的刨花从刨子的舌头里一页接一页地钻出来。偶尔，他会抬起上身，把刚刚刨过的那匹木方举在眼前，眯起右眼，用左眼打量木方的线条是否端正。我一直觉得那是父亲最性感的动作之一。

这样的日子，整个堂屋里都飘荡着木头奇异的清香——那是它们储存了多年的香气。香气从父亲的双手之下像无形的泉水一样源源不断地涌出。不同的木料，涌出的香气自然也不一样。有的香气浓郁，譬如松木；有的香气苦涩，譬如核桃树；有的香气清远，譬如泡桐；有的香气幽淡，譬如白杨。父亲就匍匐在那堆香气里工作。他偶尔到屋子里来喝茶，会带进来一团与他的身体一般高大的香气。那香气，暂时淹没了他身上那股淡淡的烟草味儿。

那或许也算得上是我们一年之中最开心的时候。父亲锯下来的那些方方正正的多余的小木块，会被我们争抢着收藏起来，或用它们玩搭积木的游戏，或用它们搭建小木屋。母亲也高兴——那些薄薄的打着卷的刨花，是最好的引火柴。就因为父亲是木匠，我们家一年四季都不缺引火柴，母亲在生火时省去了许多烦恼。

父亲很爱惜他的工具。闲暇日子，他会蹲在一个角落里，把那些使用过的刨子、凿子、斧头等工具在磨刀石上磨得雪亮，打上机械润滑油，整整齐齐地摆放在工作间。他还会挑一个黄昏，把锯子固定在一只木马上，坐在那里，像一个乡村牙医那样，拿着钳子一颗接一颗地矫正锯齿，随后找来一把棱角锉刀，一颗接一颗地把锯齿打磨得铮铮发亮。那时，就会有响亮而又刺耳的金属声，在院子上空响起。那是一件异常乏味的工作，可是父亲干得津津有味。远远望去，他低头拨弄锯齿的动作，就像是古人在抚琴。

有那么一段时间，我和哥哥对父亲的工作间充满了浓厚的兴趣。趁父亲不在家的时候，我们会溜进里面，把他磨得像雪花一样闪亮的工具拿出来，在手中把玩着。我借助那些工具，在漫长的童年时期做了好几把颇受好评的木剑与大刀。那是极其需要耐心的活计，做好一把木剑，往往会耗费掉一个周末。它需要你独自待在一个无人打扰的角落，用砂纸细细地打磨剑柄，直到它抛出一团光亮来。我一直觉得，我现在能够沉下心来做某些事情，与那个时候的自我训练分不开。

哥哥比我有天赋得多。七八岁时，他就在父亲的帮助下做了一只仅凭一根绳索的牵引就可以在一截竹筒上展开手脚灵活自如地上下攀爬的木猴子，据说被学校送到县里参加手工制作品比赛，还很意外地获了一个奖。十余岁时，他就已不满足于我玩的那些把戏了。在寒暑假，他会躲进父亲的工作间，像一个学徒那样像模像样地操作那些工具，几至废寝忘食的地步。许多个日子过去了，当你想知道他究竟躲在里面做些什么的时候，推开父亲工作间的那扇门，你会惊讶地发现，哥哥已经做好了一个漂亮的木箱，十来把椅子，一个迷你圆桌，一个可以盛放洗脸盆、搭毛巾并镶嵌着一面可用来梳妆打扮的椭圆形镜子的洗脸架……

还未出师，哥哥的名声就已在村子里传遍了。小学还未毕业呢，就有人叫他"小木匠"了。而他那时的梦想，也确实是希望成为一名像父亲那样受人尊敬的木匠。他是我们兄妹三人中最有可能继承父亲衣钵的人。

有那么几年，父亲也有意将他天资聪颖的大儿子培养成接班人。在他工作的时候，他会让哥哥真正地给他打下手——到工作台进行实际操作。那时，他会像一个严厉的师父那样，在一旁手把手地对哥哥进行指导，包括把身体弓成一个什么弧度，眼睛往哪里看，双脚怎么蹬踏，都会给出具体的指导意见。如果不是风靡中国的打工潮把乡村的年轻人席卷一空，如果不是机器涌进小镇让手艺人失业，哥哥或许真的会在父亲的指导下成为一位名副其实的木匠。熬到如今，论资历，他也该是大名鼎鼎的"向师傅"了。

我们都曾请教过父亲："您的手艺都是跟谁学的？拜过师父

吗?"父亲都以摇头回应我们。据说他曾经拜过师,但是师父并不教他,他便暗自发誓要比师父做得更出色。但我无法确定这件事的真实性,说不定这只是我的一己之测。我只记得父亲说,他的手艺都是站在一旁看着别人工作,默默记下了,然后置办工具,慢慢摸索出来的。他似乎也说过,他虽非科班出身,实际上也有师父,因为所有的木匠和泥瓦匠都有一个共同的祖师爷,都是祖师爷赏了他们一碗饭吃。

祖师爷似乎对父亲青睐有加,他的泥瓦匠活计也干得异常出色。他年轻的时候,在村子里乃至小镇上几无对手。在过去的若干年里,他一直是村子里的掌墨师。许多人家的房子,都是在他的主持下修建起来的。那些顽固不化的石头,在他的手中,都变得跟泥人一样听话,他想让它们变成什么样子,它们就变成什么样子。事实上,他还会在极短的时间内——要么是一个上午,要么是一个圆月之夜,把竹园里的一株翠竹,变成一只漂亮的竹篮,或一把滴水不漏的筲箕。

父亲去世后,母亲一直替他妥善地保存着那些已见出岁月年轮的工具。母亲说:"他花了一辈子时间置办的东西,我们不能弃之不顾。"一些时候,我觉得父亲并没有留下什么遗产,但是现在想来,他其实留下了许多东西。那些经他之手,仍被我们使用着的家具和房子,都是他把不可追忆的时间雕刻成了有形之物。

如此看来,父亲不仅是一个魔术师,还是一个雕刻时间的人。

179

漫长的等待

漫长的秋天之后，是漫长的冬季。鄂西的寒冬腊月，只要不下雪，不下雨，有那山崖上的一轮太阳暖烘烘地烤着，大地便是暖和的，人心也是暖和的。更值得一提的是，我们万分期待的春节就快来临了。我每天用粉笔在窗棂上记着倒计时：离过年还有××天。那是从一进入腊月就开始计算的。每天都有人去镇上赶集，鞭炮声渐渐多了起来，可我们的心里却涌动着几丝惆怅和焦虑。

父亲还没有捎回口信，不知道哪一天才能赶回来。母亲说等父亲回来后再去赶集。其实母亲的话是有弦外之音的，只不过那时的我们还听不出来。我们只是每天掰着指头像盼星星盼月亮一样盼着父亲早日回家。父亲回来了，我们就可以去镇上置办年货了，买米买糖买橘子买花生买新衣裳买鞭炮。父亲回来了，我们的许多心愿就可以实现。我在心里无限幻想着一个丰盛的春节。

念叨父亲，推算他的归期，是我们共同的话题。"今天你们的爸爸该回来了吧！""今天爸爸该回来了吧！"我们每天都这样念叨着，怀着无比殷切的期望。

向家院子前是一级一级的梯田，远方是莽莽苍苍的森林。那条镶嵌在景阳盆地中央的深长峡谷，有鄂西最大的河流——清江。清江的北岸是凤凰乡，它恰好与我们所在的向家院子遥遥相对。在此起彼伏的山脉和田地间，一条白色的曲曲拐拐的线条清晰可辨，那是镇上通往县城和省城的唯一通道，上面蠕动着甲壳虫似的汽车。晚上，那条公路上的汽车在转弯时总会将雪白刺眼的车灯打到我们家的院子里。我们都知道通过那条路，可以去一些我们根本就没有听说过的地方，但很少有人走出去。走出去的都是英雄。

我们羡慕父亲，父亲从那条路上坐车去了远方，他又将从那条路上坐车回到家里。他一定会带回许多新鲜的见闻和有趣的故事。在我们眼里，父亲就是一个英雄。所以每天傍晚，母亲都会和我们各自搬把椅子坐在走廊上，望眼欲穿地盯着每一辆在凤凰那条蚯蚓一样曲折的公路上爬行的客车。每出现一辆客车，我们都相信父亲坐在里面。所以每天晚上，我们都掌着灯，在火塘屋里烤着温暖的炉火，焦急地等待父亲回家。可往往到了呵欠连天的时候，也没有等到父亲的脚步声在院子里响起。

等候父亲回家，我们从来没有那样焦急过。以前父亲也经常出门，但都不远，他说什么时候回家，基本上都是准时的。远远地，他打的手电或者火把就会把他的轮廓显现出来。他走路的姿势，隔多远我们都会清楚地辨认出来。特别是他的脚步声和咳嗽声，是独一无二的，没有人能模仿，没有人比我们更熟悉。且他每次回家，都会从口袋里给我们掏出一些小吃，炒花生啦，香瓜子啦，红红的橘子啦，几粒糖果啦……足够让我们惊喜和消受好一会儿。可是这次却没谱。

这是父亲第一次出远门。虽然他以前也在其他镇上参与过气管道建设，但毕竟还是在一个县里，回家也像串门。而这一次他是去了宜昌秭归，一个很遥远的地方，据说先要坐车，后要坐船才能到达。他在这一年之中就回过两次，且在家住了两三天后，又返回了。回家的理由都是农忙，担心母亲一个人忙不过农活。我们不知道真正的原委，祖母可能道出了他回家的真实动机：他是想家了。

父亲是一个手艺人，且手艺精湛，很受村人敬重。他原本是准备在镇上吃一辈子手艺饭，修一辈子地球的，所以他刚开始很是瞧不起那些背离土地外出谋生的人。他的态度和其他人一样，认为那些春节后就背着铺盖卷外出谋生的人是在乡下混不到一口饭吃了，才去外乡。直到有人挣了钱开始回来吹牛，说外地挣钱如何如何容易，并把自己的经历渲染成了传奇色彩，父亲的态度才略有改变。而那两年，恰逢我们三兄妹一起读书，光靠手艺和几亩薄田已无法应付，父亲终于走上了那条他多少不怎么心甘情愿的养家糊口之路。

在离开家的时间里，平日里有些沉默和严肃的父亲，甚至给我们写起了信。信中虽然别字不少，但从字里行间，我们读到了另外一个父亲。在信中，他甚至变得有些婆婆妈妈，一再强调要母亲照顾好我们兄妹，要我们好好学习，不要惦记他。他甚至还给我们寄了一张照片回来。只要有熟人从那边回来，他总会让别人给母亲捎回几句话捎回一些钱。那是与平日里完全不同的一个父亲。他在信中的抒情和啰唆，会让母亲无端落泪。

时间很快从月初跳到了中旬，大河两岸的年味是越来越浓了。在升腾的炊烟里，在饭菜的香味里，在人们的脸上，在毕剥着阳光的空气中，都漫溢着我们盼望了一年的年关的气息。我在窗棂上记的倒计时，分分秒秒似乎都在把数字缩小，"离过年还有15天""离过年还有14天""离过年还有11天"……可是父亲仍然没有回来，也没有捎回一个口信。

　　母亲终于有些沉不住气了。腊月二十清晨，她说她先到镇上看看置办年货的行情，二十二那天再带我们兄妹一起到镇上。黄昏时分，一脸疲倦的母亲回家了，却并没有买回多少东西。我只记住了母亲讲给我们的话。她说在镇上看见了好些客车，每到一辆，都以为父亲会在车里，结果看见一车一车的打工客相继走光了，也不见父亲的影子。

　　第二天我们再一次失望而睡。我们甚至怀疑起父亲是否会回家过年了。那些远远近近外出的人都回来了，且都大包小包的。我们的脸上终日里弥漫着期盼的神情，等候却总是落空。父亲开始坐车了吗？父亲到红岩寺了吗？父亲明天该回来吧？父亲难道把我们忘了？我们胡乱猜测着，越猜测越烦心，却又总是把期望推到明天。

　　腊月二十二，是一个重要日子。母亲决定在这个日子带领我们赶集置办年货。不能再拖延了，地里还需要忙活几天，再过几天就要为年忙活了，只能抽出一天工夫，去置办一点东西。一年就那么一次热闹，再怎么都得置办一点什么，那样年才像一个年。母亲咕噜了好一阵子，给我们穿上干净衣裳就出发了。我们知道在镇上该买什么，不该买什么，母亲在昨晚就交代好了。我们的新衣裳和好多心愿都要泡汤,因为不知道父亲会带回多少钱,必须节省开支,新学期的学费还没有着落呢。

镇上人山人海。我们置办的年货虽然简单,但在背篓挨背篓脚踩脚的街上将货物都购齐,天色也已近黄昏。在采购货物的时候,每当有客车在街上停下,母亲都要我们留意是否会看见父亲。一天之中,不知有多少客车到镇上卸客,就是不见父亲。母亲有些不乐。

回家需爬一架大山脉,走好几里崎岖山路。我也背了一点儿年货,开始很轻松,却越背越沉。棉衣里面开始是闷热,后来是燥热,再后来我就淌出了滚圆滚圆亮晶晶的汗珠。我在心里不停地说:要是父亲回来就好了!我们顺着山势,走走歇歇,天色越来越暗。

快回到向家院子时,一个高大的人影大步流星地朝我们走过来。我们眼睛一亮,欣喜地大叫了一声:"爸爸!"是爸爸!母亲怔怔地背着一袋大米站在原地,半晌才回过神来:"你怎么晓得回来的?"父亲讪笑道:"今天不是二十二嘛!"父亲接过母亲的背篓,母亲接过大哥的背篓,大哥接过我的背篓,小妹蹦蹦跳跳地走在最前边,一家人浩浩荡荡地往家里赶。

据父亲说,他没有坐客车,而是在红岩寺搭乘了一辆吉普车。他也没有在镇上停歇,而是直接去了位于向家院子南边的一个村子。他带回了一尼龙口袋秭归脐橙,大大的个儿,甜津津的,是我们没有想到的。满屋子里飘荡着腊肉的香味,那是母亲在赶集前炖在炉火上的。父亲回来了,美餐也准备好了!

可是谁也没有想到父亲和母亲会在炉火边吵起来。

因为包工头没有把工钱全部结算完,父亲只带回了几百元钱。这就意味着新年我们上学的费用和地里的投资全无着落。母亲的指望落空了,为此迁怒于父亲,没有吃晚饭就早早睡下了。父亲连夜出去借齐了春节后需要开支的钱,在炉火边一口一口吧嗒着闷烟,烟雾缭绕了一整个晚上。

这一天,也是母亲的生日。

下落不明的羊

半夜，母亲蹑手蹑脚地摸上楼来，谨慎而又焦灼地将我和哥哥从睡梦中拍醒。这是从未有过的事情。我们都睁大了疑惑不解而又酸涩肿胀的眼睛。但是我们看不清母亲，更看不清她的脸。她和她的脸遁形于黑夜的隐身术。只有一团影子在我们面前晃动。"快起来！家里来了强盗。猪都跑到院子里了。"母亲言语急促，但是声音压得很低。我们都不敢相信。怎么可能呢？但侧耳一听，果真有哼哼唧唧的声响从院子里传来。残余在身体里的梦境，霎时消失得无影无踪。

是来了强盗没错。不然那头鬃毛粗黑的猪，此时应该老老实实地躺在黑咕隆咚的圈栏里打着响亮的呼噜。它是不可能凭着自己的力量逃出那道被锁得严严实实的圈栏的——即使它长出了一对足以托起它沉重肉身的翅膀。为了防患于未然，一向聪明过人的父亲早在圈栏上方安装了一道结实的由他亲自设计的铁门。铁门里边挂着一把锁，只有我们家的人掌握了开锁的窍门——开锁的过程极其复杂，一不留神，手臂就会被锋利的铁皮刮伤。但为了两只羊的安全，我们从未抱怨过父亲笨拙却实用的设计。现在，与两只羊在同一圈栏里生活的猪跑出来了。很显然，有人打开了那道铁门。

母亲的轮廓比刚才清晰了许多。我和哥哥窸窸窣窣地穿好了衣裳，轻手轻脚地站在她面前。我们期待能帮她做点什么。"我先出去看看，你们在屋子里待着。"叮嘱完，母亲拧亮手电，蹑手蹑脚地下楼去了。手电射出的那束光圈显得迟疑而暗淡，光柱一闪一闪的，电量很不稳定。可是家里没有备用电池。

黑夜让任何细微的声响都无处可逃。母亲抄起一根扁担。扁担的一端在地上磕碰出一朵响声。随后，是门闩松动的声音。继而，那道木门吱的一声开了。门开得很猛。如果此时门前站着一个人的话，保准儿给吓破胆。但我们听得出来，母亲在打开门的那一瞬间，颇有些犹疑不定，直到最后一刻才下定决心。她同样犹疑不定的脚步声，如同我和哥哥的心跳，在黑夜里怦怦响起。

我和哥哥既紧张又兴奋。在此之前，虽从未有强盗"光顾"我们家，但我们已在大人口中听闻过不少强盗杀人越货的故事。前一阵子，就不断有羊被偷盗的事件，如同瘟疫一样，在不同的村子里蔓延，并在那些长满胡须和皱纹的嘴巴上开出花朵。也正是这个原因，父亲才设计并制作了那道铁门。"要是能捉住一个强盗就好了。"浮想联翩的我们忍不住摩拳擦掌。"父亲回来了，一定会夸我们厉害。"我们各自抄起一根木棍，摸索着下楼，打开了那道刚才被母亲随手关上的木门，父亲亲手做的木门。

院子里并不像房间里那么黑，但也够黑的，几乎什么都看不清楚。房子与树木的边界模糊，只有水泥铺就的院坝闪烁着一层并不真实的蛋清色光晕。我和哥哥紧握木棍，警惕地打量着院坝以外的地方。强盗很有可能就藏身在那些与黑夜融为一体的角落里。我感到冷，浑身打战。我总疑心那蒙着面背着一把尖刀的强盗会突然从我们的背后杀将出来。

"嗤——嗤——嗤——"母亲赶猪的声音，从圈栏所在的位置传来。"进去——快进去——"母亲焦灼地催促那头鬃毛粗黑的猪。偶尔能听见枯树枝拍打在猪身上的声音。那声音就像是来自一只充满了气的皮球。没有回声。跟父亲舍不得抽打耕牛一样，母亲舍不得抽打猪。

过了半晌，那束迟疑而暗淡的手电光柱，从圈栏处飘移过来，我和哥哥迎了上去。"羊被偷走了一只。狗日的。"母亲的唇齿间，呲呲呲地闪烁着刺鼻的火星。扁担的一端，在地上狠狠地磕碰了几下。

"哪一只？"我不放心自己的耳朵，追问母亲。

"那只公羊。"母亲确定地说。

我的脸陡然紧缩在一起，又猛地膨胀开来，呲呲呲地冒出了一团火。牙齿咯吱咯吱的，不听使唤地在嘴巴里乱撞，撞出了一团火。胸脯里，暗流涌动，波峰上燃烧着一团火。但随即，就有热乎乎的东西，大颗大颗地在脸颊上滚动。

那是我喂养的一只羊。我喂了它整整两年。它出生时的情形，像是一道冒着烟的印痕，深深地烙在了我的记忆里。

那是个寂静的冬日，父亲和母亲都下地干活了。某个时刻，我忽然听见圈栏里传来母羊痛苦的叫喊声。我不知道发生了什么事，一阵风似的跑到圈栏边。母羊躺在圈栏的干草上，声嘶力竭地呼喊"妈妈"。它血红的眼神里写满了恐惧，四肢无力地踢腾着。我想跳进圈栏帮助它,可它沾血带泪的叫喊声吓坏了我。我以为它就要死了,我开始歇斯底里地喊"爸爸"。父亲从地里跑回来了,告诉我,那只母羊要生小羊羔了。"那是它第一次做妈妈,所以才害怕得不知所措。"

在随后的日子里,这只鬃毛卷曲、一身净白的公羊陪伴我度过了无数个孤独而又漫长的黄昏和短暂得不值一提的假期。几乎每一天,都是肚皮膨胀得就要爆炸的它把我带回家中。它永远记得回家的路。

"我们要找到那只羊。"母亲说。她跑到隔壁院子,叫醒了三位叔父。他们四人兵分两路,打着两支电量都不稳定的手电筒,沿着两条大道追踪而去。我和哥哥站在院子里,望着两团光亮消失在黑夜这片望不到边际的大海里。他们呼叫羊的声音,渐行渐弱,最终也消失于海面。

"为什么被偷的不是哥哥喂养的那只母羊?"这个问题一直在我的脑海里回旋,挥之不去。哥哥就站在我的旁边,我看不见他脸上的表情。他已辍学好久了,天天在山上放羊,而且自己动手做了一只用来背羊草的背篓。他想成为一名像父亲那样受人尊敬的木匠。我们谁也不说话。

为了排遣某种难以启齿的情绪,我紧握着手中的木棍,时刻准备着与随时都有可能露面的强盗搏斗——最好是趁其不备将其一棍击昏在地,然后把他五花大绑扭送到镇上的派出所。最好是让他吃一番苦头。

母亲和叔父们回来了,然而他们都空手而归。那只漂亮的公羊没有跟在他们身后。"发现得太迟了。如果早发现那么一刻钟,说不定还能追上。"一个叔父说。"手电也不行，根本就看不清地上是不是有羊粪蛋儿。"另一个叔父说。他们都打着哈欠。深秋的薄雾飘荡在他们的脸上，每个人只露出一个若隐若现的鼻子。

我的心里，就像收割后的庄稼地，空荡荡的。

那个清晨来得比任何一个日子都要迟。

我们第一次发现清晨是从闪着光的树叶上开始的。白色的晨雾，在庄稼地和树林里，像一群无家可归的羊，漫无目的地游荡。母亲出门了，去了三爷爷家。蓄着一抹山羊胡子的三爷爷，不慌不忙地从口袋里掏出三枚铜钱，在桌面上占了一卦。"羊往西南方向去了，若在巳时之前找不到，就永远找不到了。"他这样告诉母亲。母亲沿着那条通往西南方向的官道，又找了一遍，仍然无功而返。

"路上的羊粪蛋都变硬了，分辨不清是什么时候拉下的。"母亲沮丧地说。

虽然如此，可是我们的怀疑变得更加坚定。一定是某某干的。前几天，他刚带着一个远方的羊贩子到村子里挨家挨户地收购羊。他们去过一趟我们家的圈栏，他们看上了那只漂亮而健壮的公羊。在父亲的协助下，他们还用绳子将公羊捆绑起来过了秤，但生意最终没有谈拢。他们开价太低，被父亲拒绝了。

这样想的时候，某某的面孔变得越发贼眉鼠眼起来。但是我们没有掌握任何证据，也就没有理由硬闯到他家。即使如此，那只羊恐怕早已下落不明。

"狗为什么没有叫呢？"不知谁这样嘀咕了一句。

我们这时才想起来我们家喂有一条狗，就拴在离圈栏不远的地方。某某和羊贩子来看羊的那一天,它还给了他们一个下马威。可是昨晚,它为什么一声不吭?

母亲狠狠地踢了那只狗一脚。"吭都不晓得吭一声。"它乌黑的双眸低垂,神情沮丧地立在那里,像是一个做了错事而甘愿受罚的孩子。它皮毛凌乱的身上,背着一个灰色的并不完整的脚印。它要为自己的失职负责。

"强盗是怎样躲过狗的耳朵和眼睛的?"

"这确实是一件怪事。"

"为什么只偷了一只呢?"

"或许是因为猪跑出来了。"

"羊不会叫吗?"

"大概是强盗用什么东西捆住了它的嘴巴。"

父亲从邻村回来了。他把我们好好地责备了一番。多年之后,他还在谈话间揶揄我们,几个人在家还守不住一只羊。

八月边城

晚宴刚吃到一半,朋友走到大厅中央向我秘密地招手。我撇开众人走过去与之耳语。他低头悄声说:"马强来了。"说完,他用嘴往一个方向努了努。可我并未在嘈杂的人群里看见马强。"我们几个人一会儿出去吃他带过来的玉米和土豆。"他补充道。

之后,我尾随他穿过拥挤的大厅和正在碰杯谈笑的人群,来到了餐厅最里边的一桌。一个头戴棒球帽、肤色铜黄、脸部轮廓分明而且有点络腮胡子(但胡子被修剪一新)的男人,见我过来忙从座位上站了起来,并伸出了友好而拘谨的右手。嘴角咧开的微笑,让他露出了一排整齐而又洁白的牙齿。我有一点儿恍惚。

这就是马强,我认出来了,但还是有点陌生。我无法将他与我前两天在首都见过的那个马强联系起来。这个马强要年轻许多,个子也高,神态间竟还流露出了几分羞涩甚至窘迫。而前两天的那个马强,虽并不见其高大挺拔,但面对首都的大人物,也能侃侃而谈,毫无惧色。我那时还以为他是个见过许多世面的中年人。

正是前两天,在我们分别时,他对我说,去固原了就联系他。是的，我对他说过，我过两天就去固原。而马强就是固原人。但真正到了固原，我并没有联系他，因为他是固原西吉人。据说从西吉到固原还有一段距离，往返辛苦。何况我们在首都也没有多少交流，仅限于礼节性地打了个招呼吧。更何况，漂亮的客套话谁不会说。没料到他到固原来了，而且带来了西吉的玉米和土豆。

我握住了他的手，并拍了拍他结实的肩膀，以示我们很熟——之前，我多次对固原的朋友提及，我在首都见过西吉的马强。但回到刚刚就餐的位置，我暗自嘀咕起来：西吉的玉米和土豆，有什么稀罕的吗？难道比这眼前由厨师精心烹饪的菜肴还要可口？

正是晚宴的高潮时分，朋友再次隔着人群向我秘密地挥手，同时丢了一个眼神。我会意地离席，与几个人一道悄无声息地离开了餐厅。

彼时，一个"花儿"传承人正高亮嗓子，为客人们表演助兴。那女子一张嘴，如出云端的"花儿"就在顷刻间开满了偌大的餐厅，并唤醒了沉睡在我们心里的一双猫爪子。那双猫爪子，把我们身体里的某个隐秘之所抓挠得痒痒的——简直就是一根绳子，在那样一个时刻绑缚了我们的双脚乃至平日里望不见的飘荡在头顶之上的灵魂。

我们站在黄昏空荡荡的广场上，举头巴巴地望着人影幢幢、灯火辉煌的餐厅的玻璃幕墙，心里空落落的。但那一番秘密的盛情实在不好辜负，上了车，沿着一条空旷的大街向前飞奔而去——整个固原城都显得特别空旷，像是潮水退去之后的沙滩。

路上，还有人一个劲儿地惦记花儿，一个劲儿地叹息，这还不够，他补充说："仅听那女子开腔唱一句，就想把她娶回家。唱得可真美。"

驶进了郊区，路面愈加空旷，有一点儿天宽地阔的意思，如同呼伦贝尔大草原。但灰色的铺满了整个天空的云团，压得很低，低得就像随时要从天上掉下来，与渐渐明朗起来的，从草丛和行道树上溢出来的暮色融为一体。马强坐在前面的那辆车上，是司机也是向导。不知道他要将我们带向哪里。

正茫然时，一片密密麻麻的房子出落在了道路的右侧。两辆车相继从空旷的大道拐进了这片房子中的一条巷子。巷子很深，像极了一条深不可测的河流。这条河流，把迷宫般的院落串在一起。清一色的褚红屋顶房子，房前都带个院子，而且筑有院门。典型的回民居住区。

居民区异常安静。我们像是步入了钢琴的低音琴键区。当我们下车尾随抱着一箱啤酒的马强拐进另外一条巷子时，巷子深处有狗吠声响起。是我们陌生的脚步声，惊扰了匍匐在暗影里的它们。

有深绿而柔软的树枝从头顶密密麻麻地垂下来。暮色从天空密密麻麻地垂下来。烤羊肉串的香味从味觉上密密麻麻地垂下来。若是晴朗的天气，大约已有密密匝匝的星星从天空垂下来。

两条狗用吠声挡住了去路。马强用脚把它们踢开了。他在一处院落前停下，用结实的膀子撑开院门。

一个小小的花园落入眼帘，园里正有红色的紫色的花儿盛开。一时粗心，并未留意那都是一些什么花儿。然后才看见那幢前檐用玻璃和不锈钢搭建起来的房子——那样的视觉效果,使得整幢房子看起来都像是用玻璃修建起来的。美国著名记者珍妮特·沃尔斯那本回忆录的书名——《玻璃城堡》,在我的脑海里一闪而过。右侧是厢房,两个孩子的身影隐没其间。

踏进院子时,才发现院门边已然搁着一架专门用作烧烤的烤炉。炉中的炭火,已红得发亮。

客厅的茶几上摆放着一大盘新鲜欲滴的红葡萄,一盘外形酷似苹果的水果,但个头比苹果小,又比海棠果大出好多。墙角叠放着好几幅已被装裱好只待挂上墙壁的画作。一个典型的回族家庭生活的空间。

马强没有坐下来陪我们聊天。他进进出出,搬酒,上菜,烤串儿,忙个不停,T恤后摆已被汗水洇湿,额头上也挂着一串串晶莹剔透的汗珠子。

果真吃到了西吉的玉米和土豆。

水果撤下后,一盘水煮玉米,一盘外皮被煮开花的土豆,一盘清炒包菜和一盘凉拌黄瓜,被端上茶几。那盘被煮开花的土豆煞是好看,自然更是好吃——面而不哽,余味绕舌。我的故乡也盛产土豆,母亲说,那是世界上最好吃的土豆。但吃了一口马强家的土豆后,我立即就不认同母亲的观点了。玉米也不错,玉白籽粒形同玛瑙,咀嚼起来糯糯的,甜滋滋的,相当可口。

马强的手艺真不错。一大把烤羊肉串儿,一盆烩菜,一盘牛肉,一篮油香,先后被端上来。大家惊呼不已。可惜先前已在餐厅吃得八分饱,所以都只是象征性地品尝了一下,权当留个念想。

酒酣耳热之际，室外忽然风雨大作，密密匝匝的雨脚有如千军万马噼里啪啦地叩响屋顶。走廊的玻璃外墙上树影幢幢，水流如注。马强数次冲进厚厚的雨幕，关闭院门，转移烤炉……落了个一身雨水，两肩上湿黑湿黑的，像打湿的瓦檐。

马强依然不肯入座，更不曾吃一点儿东西。房顶的灯罩处忽地有一线雨水漏下来，猝不及防的朋友被淋了一头。马强仰起头，神色有些焦虑，也有些不好意思。我端起酒杯向他敬酒，被告知他恪守着一个地道回族人的清规戒律——滴酒不沾。于是，与他端起的茶杯碰了碰。我们依然没有说什么话。

雨持续下着，夜晚更快地滑向了大海般辽阔的深渊。我们坐在沙发上，望着雨，随意地谈论着，等待马金莲。她说要赶过来的，最终没有来。

离开的时候，已近十点。那时，雨终于小了下来。在那条河流般的深巷里，我们亦步亦趋地跟着马强，时而跳跃着避开积水深的路面，时而弓着腰，避开垂得更低的含珠带雨的树枝，走向夜晚湿漉漉的肺部。

次日，我们深入固原的笔画里。我见到许多回族人家的院子里，都种着红的紫的花草，甚至还有许多向日葵明媚的脸庞，从一户人家的院墙里探出来，望向我们这些在公路上走马观花的异乡人。

那些金色的向日葵，让我想起马强——一个以虚构为乐趣的小说家。而那些院落，让我想起他经营在固原郊区的房子。

峨边纪事

关于峨边，我们都知道什么？

离开数日，他依然记得许多事情。譬如那一日，大家乘车去一个叫五渡的镇子。从县城出发，沿着水流湍急的大渡河而行。路是从悬崖临近河水的地方硬劈出来的。坐在车里，右手边是单调乏味的灰色岩石，左手边是激浪滔天的大渡河。河面时宽时窄，如猛虎巨豹在峡谷里扑闪腾挪。对岸是异常巍峨的山脉——从河那边望这边，想必也是如此——他仰着脖子望了好几次，脖子都酸疼了，依然没法望到顶。厚厚的云雾游走在山腹。

正是因为这样的地形，路边鲜见人家。但这人烟稀少的河岸山间，依然叫人处处惊奇。如从天而降的瀑布，如悬崖上的嶙峋怪石，如河中的险滩激流。当然，最让人称奇，莫过于像长虫一般出没于对岸悬崖间的绿皮火车。那从悬崖上凿出来的洞孔，洞孔里一闪而逝的火车窗口，幻想出来的立在窗户后边的眼睛，多么奇妙。"那就是大名鼎鼎的成昆铁路了。"当有人这么介绍的时候，他的心里一下子掀起了好多波澜。他隐约记得念书的时候，学过一篇课文，讲的就是修建成昆铁路时的故事。他把脸贴向窗户,郑重地目送那列火车消失在隐秘的洞穴里。他似乎听见了沉闷的哐当哐当之声,在洞穴里回响。

也不知过了多久,两岸山势渐缓,河水也收起了脾气,有一点静水流深的意思了。那种感觉就像是被云雾环绕的象群从大渡河的岸边往浩瀚无边的森林里踱远了一些,留出了一片狭长的可以生出烟火的坝子。果然出现了被树木掩映的房屋,出现了红薯藤蔓蜿蜒爬行的田畴,出现了低矮的果园,出现了已被硬化的分岔的小径。他总觉得在哪里见过这眼前的画面,但一时又想不起来究竟是在电影里,还是在哪部小说中。"说不定是在梦里呢。"他暗自思忖。看得出来,同行的人都难掩内心的兴奋,就连坐姿都比先前来得舒坦了。有人甚至讲起了年轻时独自在大河上逆水行舟的英勇往事。

也就是在这个时候,两个镜头闯入了他的眼帘:一个光着膀子的中年男人,正挥舞着一把铁锹,从堆积如丘的沙堆里铲来湿漉漉的沙子,把一条刚刚用滚圆的石头码起来的路填平;一个背对着汽车的农妇,左手叉在腰间,右手握着一把亮晃晃的镰刀,望着那垄深绿色的红薯地,一动也不动,像一尊雕像。

往前行驶,在河岸逼仄的坡地上,有一片废弃的楼房。几乎每幢楼房,都只剩下了一副骨头架子,门窗都被卸掉了,留下一排空洞洞的眼睛。他在车窗内好奇地打量着道路两旁的废墟。依那房子底部尚未完全剥落的绿色油漆来看,那大约都是建于20世纪七八十年代的办公用房。

再往前,灰扑扑的街面上依次出现了店铺、餐馆、学校⋯⋯穿着夹克衫的人们懒洋洋地坐在店铺前边的小块空地上谈天,偶尔也以好奇的目光打量着涌进山里的汽车和坐在汽车里的人。他疑心这是一块被上苍遗忘的土地，但是没过一会儿，他就在门头上看见了某某快递醒目的标识。

另外一日，他几乎全是在逼仄的河岸边度过的。以云雾为裳的巨人们在车窗外摆着迷魂阵——载着一群陌生面孔的甲壳虫似乎永远也逃离不了他们随手摆下的一个阵型——那条清冽的小河，在看似凌乱实则有序的石头间运送着白花花的银子。"还好有那么一条河。"他这样想着。

望着河床里各色各样的石头，他忽然想起一句诗：干枯的星星。也许是于坚写的，也许不是。他不能确定。他唯一能够确定的，是河床上的每一块石头，或者说每一颗干枯的星星，都有自己的命运。它们是永远停留在一个地方，还是被雨季涨起来的水流冲向更大的河流，它们自己说了不算。他沉浸在这些漫无边际的思绪里面。

忽然，有人谈起了云雾。他抬头望了一下山顶，云雾难分，比小河宽阔不了多少的穹庐，就搭在巨人们的肩膀上。那个叫贝史根尔的诗人说，峨边是白云出生的地方。他觉得好，默默记下了。后来，当他将这句话转述给另外一个同行者的时候，那个人对他说，这是被他篡改的一句诗，原句并不是这样的。

当他再次抬头望向山顶的时候，发现了新大陆：接近云端的山顶居然有人家。虽然只是一两角屋檐在他的眼底短暂地闪现，但他还是感到异常惊喜。他差不多在座位上尖叫起来，用右手的食指指着那块人烟出没之地，对同行者说，上面住着人，上面住着人。贝史根尔扶了扶黑边镜框，以东道主的身份介绍道："上边有一个镇子。"

那个时候,他还不知道,小凉山有许多彝族人聚集的村落,都是建在山顶上的。只有山顶才有稍微平缓一些的坡地,才能建造房屋,才能种植庄稼。他记起了一位出生于凉山的作家朋友,她写过一篇散文《旱地》,写取水的艰难。以前他不是很理解,现在,他终于知道从山顶下到山脚的河流,再从山脚凭着脚力爬到如置云端的山顶,是如何不易了。

第二天下午,他坐在直升机上,清晰地看见了由一根白线连接着的无数个"之"字,被深深地刻印在群山之间。那是一条从万壑丛中一路小心翼翼地盘旋着上升到云端的公路。据说彝族诗人吉狄马加已为那道门户取了一个十分形象的名字:云芝门。正是在云芝门一带,他见到了几个美丽的村子:古井村、底底古村……在村子里,他吃到了刚刚从火塘里掏出来的既烫手又烫嘴巴的烧洋芋,看见了坐在墙角抽烟的百岁老人,还有那些脸蛋红扑扑的孩子,羞涩地站在那里,用稚嫩而好奇的目光追逐着拍照的无人机。

他还记得他在马里冷旧见过的那些无拘无束的马匹和猪。它们旁若无人地漫游在秋意已深的高山草甸里,咀嚼着人类永远体会不到的自由,准备迎接第一场大雪的到来。他还记得原始森林中的珙桐树群落,记得篝火晚会上的彝族歌舞,记得晾挂在室外的黄金般耀眼的玉米棒子,记得码在田边地角如同某种标识的柴火堆,记得集市上那些身着彝族服饰的老人,记得趴在年轻母亲的背上睡着了的孩子,记得那母亲佩戴的大耳环。

有位同行者说,当年他去了某个地方,以为美到那为止。哪里知道来到了峨边,不得不自食其言。他深以为然。遗憾自然也是有的,那就是他乘坐直升机的那个下午,几个同行者结伴去了邻近的一个村子——可能是古井村,也可能是底底古村——登门拜访了一位德高望重的毕摩,坐在火塘边听他讲经,据说收获很大。

"我为什么会来到这里?"是有人诚意邀请没错,但是有一天,他忽然意识到,自己未尝不是那一日他在车窗里瞥见的一块石头——躺在河床上的无数块中的一块。他相信自己是被一场无形的雨水冲刷到这块土地上的。

瓯海踪迹

一

那一日，他起了个大早，沿着一条人迹罕至的马路行走，隔着一道围墙，眺望几里地之外被烟云笼罩的一脉拔地而起的山色。

携带雨水的云雾，像怀有身孕的巨型哺乳动物，迈动毛茸茸的四肢，拖着沉甸甸的肚腹，游走在棱角分明的山谷间。他想象着，那座大山在眨眼间不翼而飞，留下一片空白。这不是没有可能。你看吧，"白象似的群山"，在温瑞平原上奔跑；拱顶般的背脊上，海的波浪哗哗翻滚。

路边间或植有一丛木芙蓉。花团锦簇的日子已然远去，但仍见得到蝴蝶羽翅般灵动的花朵，扑闪在枝梢。还有上海来的朋友不识得的栾树，深绿树冠间挂出一串串浅红灯笼和黄澄澄的花儿。但他无暇旁顾。

昨日晚宴上，他知道了，这座他在灯火阑珊时分瞥见的山，叫大罗山；二十多年前被他记住就再也没有忘掉的梅雨潭，就藏在它的怀抱里。在那篇不足千字的文章里，朱自清在首句就交代了梅雨潭的确切地点——仙岩，但他从来没有把梅雨潭与温州联系起来。

说起温州，他最先想起的，是一位大学同学。这位籍贯温州乐清的插班生，立志成为世界上最伟大的推销员，课余逢人便神秘地打开黑色手提包，推销价格昂贵的日用品。这位早早就穿上职业套装，脸上挂着职业性微笑的同学，给他留下了特别深刻的印象。这位同学、名扬天下的温州皮鞋和后来名噪一时的温州炒房团，让他误以为温州是一座遍地皮鞋厂遍地老板遍地推销员的城市。

而这个早晨，他漫步在环境清幽的仙岩一隅，眺望着烟雨里象群般涌动的大罗山，想象着令朱自清先生惊诧的梅雨潭的绿，掰着指头默数着一长串熟悉的名字：林斤澜、张翎、陈河、王手、马叙、钟求是、吴弦、哲贵、东君……不禁惊诧于自己的浅薄和温州人文底蕴的厚重了。

二

沿一条清溪而上，刚到得仙岩寺山门，他便在心底大喊：好字。只见那门上高悬一块厚重的漆黑匾额，匾额中嵌四个镶金大字——开天气象。有一种能让雨天变晴天的气势。右侧落款：晦翁书。晦翁是谁？众人皆问。

朱熹。哦，朱熹，南宋理学家朱熹，那个主张"存天理，灭人欲"的朱熹——居然能写出笔力如此雄浑、气象万千的大字！

这几个斗篷大字，让他莫名想到长沙岳麓书院山门外的那副器张跋扈的对联：惟楚有材，于斯为盛。想到岳麓书院，他不禁又想到一件事：

乾道三年（1167），时年三十七岁的朱熹听闻主讲岳麓、城南两书院的张栻得衡阳胡宏之学，专程自福建崇安前往长沙，与张栻在岳麓书院"会友讲学"，展开学术辩论，"一时舆马之众，饮池水立涸"。"朱张会讲"成为岳麓书院办学史上的大事和流传至今的佳话。

而同样的佳话，据说也发生于仙岩。

绍熙二年（一说也是乾道年间），朱熹跋山涉水到仙岩书院探访永嘉学派学者陈傅良，两人通宵达旦进行辩论。朱熹的此次纪行，想必与淳熙七年和永康学派代表人物陈亮首次会面时的感受一样，"数日山闲从游甚乐，分袂不胜惘然"。而"开天气象"以及"溪山第一""东南邹鲁"等墨宝，正是朱熹此时留下的。

不过，也有不嫌麻烦者，爬梳枯藤般索然无味的文献，然后说：朱熹和陈傅良虽通信有年，但直到绍熙五年（1194），两人同在京城为官时才见上面。若这一考据站得住脚，那么，绍熙二年的会面从何说起？若此番会面属于后人杜撰，那几幅铁证如凿的墨宝，又该从何解释？若见不到朱熹造访仙岩的确切文字记载，这大约算得上一桩公案了。

当然，这是后话。

这一日，他打一把雨伞，尾随几位友人，亦步亦趋地穿梭于这座肇建于唐贞观年间、后被真宗皇帝敕赐为"圣寿禅寺"的浙南名刹。时隔一年，许多事情恍若烟云，早已不知飘向何处，再也无法检索重拾，可他仍记得仙岩寺刻设于唐大中年间的吉祥陀罗尼经幢，植于明代万历年间的两株罗汉松，充满说教意味的流米岩，风过之时，香入五脏六腑的桂花……

迈出寺院侧门，是一片躯干绑缚着绳索的日本樱花，树根处的泥土尚且新鲜，当是刚植下不久。但举头一望，挂着雨珠的枝杈间居然零零散散开着几朵弱不禁风的樱花，他惊奇不已，以为遇到神迹。半月后，他到南京牛首山游玩，在通往佛顶寺山门前的那一溜陡峭台阶上，再次遇到樱花，他才摇头：

或许是全球变暖的气候，让植物们内分泌失调，混淆了时令。

三

1923年秋，朱自清和好友马公愚等一行四人，从温州城出发，结伴同游仙岩。他们闻够了仙岩寺的桂花，然后攀着埋伏于翠微岭中的陡峭山道前往梅雨潭，吸了一肚子负氧离子，满载而归。次年二月，朱自清写出了那篇传诵至今的《绿》。九十七年之后，也是秋天，他和四五位友人，循着朱自清的足迹而来。当然，也是循着谢灵运、李缜、司空图的足迹而来，循着许多同时代人的足迹而来。

细雨中，他一边小心翼翼地攀着陡峭湿滑的台阶，一边开着小差——"我第二次到仙岩的时候，我惊诧于梅雨潭的绿了。"为什么不是第一次呢？难道不应该是第一次吗？估计是出于修辞的考虑，就像鲁迅笔下那两棵著名的枣树。后来，他看到一个说法，觉得有些道理。说的是，朱自清携家小来温州后，最初租住在大士门，但没过不久，大士门遭遇火灾，他们不得不另迁他处。朱自清第一次来仙岩，想必与此事有关。你的水再绿再好看,也没法让一个心情不好的人惊诧。

好在不是夜里。途中多见巨石,如狮虎猛兽埋伏丛莽。古人手握锤子和凿子,把诗文或诸如"洗眼来"一类充满禅意的字眼刻于石上,铿锵有声,时有火花从巨石上迸溅而出。那是文明对蛮荒之地的驯化,巨石因此背负了巨大的精神负担,再也不敢造次。有趣的是,在时间的流逝中,写诗的人消失了,刻字的人也不见了,唯有字留了下来。字是浮出时间之水的岩石。

说话间,梅雨潭已近在眼前。还真是一口好潭,绿水如茵,没有人不喜欢,难怪朱自清先生念念不忘。那瀑布也生得好,周遭水烟弥漫,"四时梅雨"之说想必正是因它而起。还有不怒自威的轩辕岩,建在那苍鹰翼翅上的亭子,都恰到好处,真正"可诗可图",可见造化的神奇与古人的妙眼。

只是,我们不远千里而来,看的其实是谢灵运的梅雨潭,是朱自清的梅雨潭,是《绿》中的那个女性的梅雨潭,而往往忽略了现实中的梅雨潭。即使是,看的也是比梅雨潭多出来的一点东西,或者说是溢出梅雨潭的那一点东西。他站在那苍鹰的翼翅上,倚着栏杆,望着那一潭绿水胡思乱想。

这时,有人招呼吃哈密瓜。那是他们一行人即将离开仙岩寺时,恰好碰见了住持,而住持手中又恰好抱着一只哈密瓜。住持将这只来自吐鲁番的哈密瓜赠送给了他们。没有水果刀该如何下手呢?来自上海的一位女士,别出心裁,从随身携带的包里掏出一把胡桃木梳。他们就用这把梳子的木齿杀了瓜,像吃江湖饭那样,每人捧一块,站在亭子里吃将起来。

好甜的瓜。大家满嘴流津,欢喜地说。

四

  第二年六月，正是火热的天气，他再次来到瓯海。那一天，他们一行人泛舟温瑞塘河，从河边榕树的树冠里或草丛中突突飞起一只只白鹭。说起这条河，他并不陌生。他曾在刘氏后人集资修建的伯温楼上见过，却没想到这条河竟像陆地上的街衢一样四通八达。也正是这条河，让他意识到，温州也是江南水乡。

  他去了泽雅，作家周吉敏的故乡。此地原名"寨下"，泽雅是"寨下"温州话的译音。这个名字典雅的小镇，埋伏于翁翁郁郁的西雁荡山的丛莽之中。他们沿着多急转弯的盘山公路，溯一条波涛汹涌的河谷而上。山里的雨水多，脾气也大，说来就来。行到中途，就有一场大雨噼里啪啦地砸下来。

  河谷对岸，风雨中涌动着的是一片接一片的竹海；河边，是一座紧挨一座的造纸作坊。周吉敏介绍，这泽雅的山里保留着中国最原始、原完整的古法造纸术之一。也因此，泽雅的古法造纸，有"中国造纸术活化石"之说。以前，泽雅家家户户都造纸，人人都会造纸术。而现在，专业纸农已经很少见了。

  他还去了朱自清旧居。当年大士门失火后，朱自清一家搬到了四营堂巷34号王宅屋。这是一座有围墙的老式两进平房，前后有院子，厢房外有花墙将大院子隔开，自成小庭院，环境清幽。他们在这里生活了一年多时间。正是在这里，朱自清写下了散文《绿》和《月朦胧，鸟朦胧，帘卷海棠红》。

  1924年2月，朱自清只身去宁波任教，但为了节省开支，把家眷留在温州。到了宁波后，他又写下了《白水漈》和《生命的价格——七毛钱》,连同《绿》和《月朦胧,鸟朦胧,帘卷海棠红》,辑成《温州的踪迹》。1925年5月21日,他在给马公愚的信中写道:"温州之山清水秀,人物隽永,均为弟所心系。"

他记得,迈出朱自清旧居时,烈日当空,头晕目眩,有点恍惚。不知道为什么,他忽然记起去年九月,参观陈傅良祠时,在陈列厅看到的一只螳螂。

那只螳螂停歇在一个闪烁着五线谱图案的电子荧屏上。起初,他以为那是一只假的螳螂。没想到,当音乐从五线谱上缓缓流动起来的时候,那只螳螂竟迈动碧玉般的四肢,沿着荧屏的边沿走动了起来。那步态,简直是在跳华尔兹。

哦,一只懂音乐的螳螂。

尽是他乡之客

陌生的男孩

一家不靠谱的图书公司给我出版了一本游记,发样书时,可能是为了节省成本,选择了物流。物流公司位于黄兴镇。我模糊地知道这个镇子的位置。当物流公司的职员打来电话时,我近乎哀求地对她说:"你们行行好,帮我送上门吧,多少费用我都认。"却被对方冷漠地拒绝了。我只好自行去取。好歹是我自己的书啊。

那天真是热得史无前例,地面滚烫,热浪滔天。我顶着烈日暴走,头晕目眩,呼吸失序,随时都面临昏厥倒地的危险。而黄兴镇也确实远,远得简直超乎想象,好像它位于地球的另一端。我和女友倒了好几趟车,从河西到河东,穿越大半个长沙,才来到了黄兴镇的地界——已是见得到大片农田的远郊。

当我们从一辆沉闷的乡村中巴上神情恍惚地跳到滚烫的地面时,绝望地发现物流公司所在的"物流小镇",竟位于一条笔直的柏油马路的尽头。更让人绝望的是,两百本全彩样书,比两麻袋石头还要笨重。我费了九牛二虎之力,停停歇歇,歇歇停停,才气咻咻地把它们扛到公共汽车站点,淋漓大汗如滂沱大雨浇身。或许正是如此,我对这本原本就不抱什么期待的书,顿时失去了好感。

是的,自从我见到这本书的第一眼开始,我就不喜欢它。书名是书商单方面定的,封面设计也不符合我的审美。我甚至不愿意承认我出版过这样一本书。返程时,当同一辆乡村中巴车在站点停靠时,我将它们从地面抱起来重重地扔在车门边,竟毫不怜惜。

远郊到底不是城市,上车的乘客多是不修边幅的农民。男人们头发蓬乱,胡子拉碴,不顾其他乘客的不满,在车内神情自若地抽烟。女人们旁若无人地放肆大笑,高声喧哗,把公共空间变成了叽叽喳喳的农贸市场。还真是农贸市场——停靠一个站点时,上来一对父子,手中各拎着一只乡下常见的那种装过肥料或家禽饲料的尼龙口袋,口袋里鼓鼓囊囊的,蠕动着,咕咕叫唤着,装着活物。

穿格子衬衫的父亲径直坐到了司机背后的空位上,男孩坐到了我前侧的位置。相较于父亲的粗糙,男孩倒是生得白白净净的,而且拥有一双清澈的大眼睛。他落座后,环顾四周,严肃的脸上挂着对陌生人天生的抵触。这种情绪的生成,大约源于我们对他手中尼龙口袋的打量。他右手紧捉着的那只红色尼龙口袋一直在不安分地动,咕咕叫唤。我猜测是两只鸭子。

男孩十二三岁,穿一件背后印着好些英文字母的白T恤,灰色七分牛仔裤,棕色凉拖,额头汗渍斑斑。他一直猫着背,紧紧抓着那只尼龙口袋。好像只要一松手,那只口袋就会不翼而飞。

可能是发现我在偷拍他,他转过白净的脸,斜睨了我一眼,随即又把头转向前方,直直地望着车窗外炽热的夏日之景,神色多少有点窘迫。我不知道他在想些什么,但是看着他,时间悄然发生了位移。

当我还是个孩子的时候,父母偶尔会到集市上兜售一些土特产,譬如鸡蛋、西红柿、核桃什么的。我曾经跟随他们到集市上去卖公鸡、核桃、烟草,到合作社卖鱼腥草、五倍子、车前子、薄荷等药材,到牲口交易市场卖猪崽,还跟父亲卖过一次羊肉。每次跟他们去,不知道为什么,我都觉得那是一件特别丢脸的事。当顾客前来询问价格或遇见熟人时,我都会变得面红耳赤,声若蚊蝇,支支吾吾。有一次,我们在人来人往的集市上蹲了一整天,却无人问津。

记忆中最深刻的一次,是陪母亲去卖猪崽。天还未亮,我们就起床,捉了猪崽欲挑到牲口交易市场去卖。我们家离集市很远,公路未通,没有顺风车可搭,全靠脚力和肩膀。母亲挑四只,我挑两只。刚开始觉得担子很轻,但没走出多远,担子就沉了起来,而且越来越沉。更要命的是,猪崽还一个劲儿地在口袋里挣扎。中途——当我们终于来到铺满石子的马路上时,遇到一对赶集的夫妇,他们表示可以买下所有的猪崽。但母亲对他们开出的价格不满意,拒绝了。

我们挑着担子继续朝集市上的牲口交易市场赶去,朝着母亲幻想中的好价格赶去。可那个季节猪市行情不太好,既无价也无市。我们在荒凉的臭不可闻的牲口交易市场蹲守到黄昏,一只猪崽也没有卖出去。眼看着太阳就要落山了,母亲才决定收摊。而

211

这一天，我们仅仅吃过两个馒头。想着那遥远的归程，我就发怵，肩上还火辣辣地疼呢。我忍不住在心底抱怨母亲，如果早晨把它们卖给人家，就不用受这份罪了，但即使一万个不愿意，也不得不行动。

或许是有缘，没走出多远，在邮政所大楼前又碰到早晨在途中攀谈过的那对夫妇。他们也在集市上转悠了一整天。这下，双方一拍即合，母亲按照他们早晨开出的价格，爽快地把猪崽卖了。我们这一天的时间和付出的劳动，算是打了水漂，而且经过一天折腾，猪崽的体重还折了不少。我和母亲一路无话。

我确实偷拍了那个男孩。他正猫着背坐在皱皱巴巴的座位上，右手紧捉尼龙口袋的扎口，清澈的眼睛直视前方，前方是夏日正午叫人头昏脑胀的热浪。他或许是跟随父亲到城里走亲戚的，带着两只刚刚从河里逮到的鸭子作为见面礼。整个漫长的暑假，他的主要工作，或许就是在河边放鸭。

多年过去，这张照片依然保存在我的电脑里。每次打开命名为"长沙"的文件夹，看到这张照片，我都觉得那个男孩特别面熟。我不禁疑心，我是不是在生活中见到过已经长大成人的男孩？我觉得这是不可能的。唯一的解释，就是我在这个陌生男孩的身上看到了曾经的自己。

如果不是这个男孩，我早就将那个燥热而又郁闷的夏天忘记得一干二净。

在那个夏天，我即将迎来自己三十岁的生日。

唱歌的女孩

　　一辆公共汽车行驶在河西宽阔的马路上。我是其中的一个乘客，坐在后部车厢的座位上。我忘记了这是哪路公共汽车，却记得车厢里挤满了乘客，不少乘客因为无座可坐，不得不拉着环形扶手长时间站立着。我也忘记了那是什么季节，大约是春天吧——只有万物复苏的春天，才会发生那样的故事。

　　这辆公共汽车与中国内陆任何一座城市的公共汽车没有什么不同，喧闹，像是一只高速移动的蜂箱。大妈们随身携带着高分贝喇叭，东家长西家短，鸡毛蒜皮纷纷攘攘，唯恐天下人不晓。我总是想拿点什么东西堵上她们的嘴，或者给她们的嘴巴装上消声器。嗡嗡嗡，嗡嗡嗡，嗡嗡嗡，耳朵就要爆炸了。

　　正是在这关键时刻，一阵悠扬的歌声在车厢的某个角落迸发出来。不是司机通过广播播放的音乐，也不是谁把手机的音量调到了最大。那是没有任何伴奏的清唱，像是从云端里落下来的，清澈，干净，在我们无法准确测量的一个高度回旋。刚开始，我们都只是愣了一下，以为那歌声只是一个小小的事故，唱歌者马上就会闭嘴。可那歌者让大家失望了，歌声并没有如期消失。

　　歌声像一根隐形的绳子，勒紧了大家敏感而又好奇的神经。大家左顾右盼，很快锁定了声源。坐在车厢中部靠近车窗的一位女乘客，一位披着一头秀发的年轻女孩，那清澈而又悠扬的歌声，正来自她张合着的嘴唇。车厢里顿时安静下来。吵吵嚷嚷的人们显得手足无措。他们的目光，包括我的，从各个方向汇聚到女孩身上。女孩一定觉察到了车厢内氛围的变化，可她并没有停止唱歌的打算。

女孩旁若无人地唱歌，像是练声。我猜测她是音乐学院的学生，或是准备报考音乐学院的高三学生，她以这样的方式，练习自己的胆量和嗓子。我不知道那首歌的名字，但沉浸在歌声里，同时佩服她的勇气。她挺直脊背，端端正正地坐在那儿，旁若无人地放声歌唱。在她的意识里，她可能正站在演唱会的舞台上，手握话筒，面向数以万计的观众倾情演唱。

沉默的人们采取了行动。他们开始面面相觑，交换意味深长的眼神。那眼神里露出了某种鄙夷和猜测：瞧，那个女孩的脑子一定有问题。也有交头接耳的，窃窃私语的，掩面而笑的。站立在女孩身边的乘客，纷纷转移到了离她远一点的位置。坐在她前边和后边的乘客，也先后皱着眉头从座位上起身。他们在起身的那一刻，还不忘环顾四周，好像在用眼神向大家解释：我和她没有任何瓜葛。

女孩在无形之中被孤立了起来，并被同一股力量推向了人们的对立面，乃至审判席：你不应该在公共汽车上唱歌，你应该立即闭嘴，你应该为自己出格的行为感到羞耻，你应该像我们一样保持沉默或者叽叽喳喳。可是女孩不为所动。

清唱完一首，女孩又唱起一首。具有穿透力的歌声一直回荡在寂静得可怕的车厢里。乘客们屏着呼吸，谁也不说话。好像谁率先开口说话，就变成了女孩的同谋。多年以后，当我偶尔回想起这一经历时，会感到无言的羞愧。

终于，女孩到站了。一个容貌堪比明星的女孩。她从座位上款款站起来，谁也不看一眼，骄傲地，带着她的歌声下车了。我听到公共汽车和乘客都松了一口气。

喂鸭子的老妇

我那时经常在人工湖边喂鱼。喂鱼的饵料，无非是故意没有吃完的半个馒头。馒头还热乎乎的，被我攥在手里。湖里的鱼真是多。一块馒头的碎屑扔下去，一大群半透明的小鱼闻声从水底涌出，争先恐后地用小嘴儿啄那碎屑。无数个亲吻的声音，窸窸窣窣缭绕于耳畔，不绝如缕。平静的湖面，也因此变得动荡不安。

当然不只是我一个人喂鱼，还有一些孩子。他们刚丢下一小块馒头，一群鱼就游进了他们宝石般漂亮的眼睛里。我在他们宝石般漂亮的眼睛里，看见了刚刚吐芽的杨柳，眉清目秀的桃花，布满土豆的天空。孩子们是极喜欢鱼的。他们偶尔会在好奇心的驱使下，挥舞着小手，兴奋地尖叫着，试图把鱼捉住。每当这个时候，孩子的母亲或父亲就现身了。他们怕孩子跌进湖中，牵着孩子走开了。

也有在黄昏时分遛狗的，把一只绿色的球扔进湖中央，然后只听见扑通一声，狗跳进了湖中，吐着舌头，划动四肢，追逐着那只球，最终含着球游上岸来，甩掉周身的水，摇头晃脑地向主人邀功。这样的游戏，一般会重复好几次，而每一次，狗都会奋不顾身地跳下水。它们对游戏的热情不曾消减。

湖的北面，是一大片蓝色屋顶的高档住宅区。居住着在附近几幢大楼里上班的人士。湖便成了他们天然的后花园。我在湖边喂鱼或散步时，见过形形色色的人，但唯一给我留下深刻印象的，是一位老妇。

一个春天的周末，我照例在湖边喂鱼，偶然看见一位老妇提着一只竹篮朝湖边蹒跚而来。竹篮里伸缩着一个灰色脑袋，毛茸茸的。仔细一瞧，是一只周身灰色的鸭子。老妇到了湖边，把鸭子从竹篮里抱出，放进水中。鸭子浮游在湖面，时而把长嘴伸进水中，啄食着虫子，时而啄两下背部灰色的羽毛。老妇蹲在湖边，满脸怜爱地望着鸭子，嘴中喃喃有声，像是在与鸭子对话。

这是我第一次见到把鸭子当成宠物喂养的人。老妇奇异的举动，吊起我孩子般的好奇心。我把手中剩下的馒头一股脑扔进水中，朝老妇走去。

"这是您喂养的宠物？"

"是的。"

"它听得懂您说话吗？"

"听得懂。"

见我存疑，老妇开始呼喊鸭子：

"鸭鸭——"

"鸭鸭——快过来——"

"鸭鸭——你看，有虫虫咬妈妈——"

老妇一边用老长沙方言冲鸭子低声呼喊，一边佯装挠着手臂。鸭子原本游弋在离湖岸很远的地方，听到老妇的呼喊，果真快速地朝湖岸游来。游到老妇身边，伸出长嘴，亲昵地啄食着老妇的手臂。

真是一只神奇的鸭子，一只听得懂方言的鸭子。我在它乌黑的眼睛里，看到了孩子般清澈而又羞涩的眼神。我想象着它迈动双脚大摇大摆地跟在老妇身后走路的情形,忍不住咧嘴而笑。几个有趣的问题随之从嘴角冒了出来。

"您平时把它喂在哪儿呢?"

"洗手间。"

"它不吵吗?"

"它安静得很。"

"它生蛋吗?"

"当然生啦。"

"它生蛋了,会咯咯咯地邀功请赏吗?"

"它又不是母鸡。"

我们说话时,鸭子安静地泊在湖面,像是在聆听,也像是在思考,乌黑的眼睛偶尔眨巴一下,很是有趣。

老妇离开时,仍是把鸭子装到竹篮里,用手拎着。她一边蹒跚而行,一边嘎嘎嘎地与鸭子说着话,而鸭子安静地卧在竹篮里。望着她孤独的背影,我想到祖母。

晚年的祖母一人独居老屋。终日陪伴她的,只有一只灰猫。祖母也经常与猫说话。猫趴在祖母的膝上,打着湿漉漉的呼噜,而祖母也早已睡意昏沉。

此后,我与老妇在湖边偶遇过好几次,只是我再也没有与她交流过。

她为什么不选择养一只猫或一条狗,而选择养一只鸭子呢?

对我而言,这始终是一个谜。

石头的意义

那时,我们几个人正斜靠在一座拱桥的扶栏上,等待队伍的集合。那里大概是小岛的入口处,有几位老妇人在路边贩卖太湖水产,有鱼虾,也有晾干的野菜,却鲜有人问津。树木的浓荫跟幽静的时光一样,直垂到湖港里去。

正闲聊时,忽见两三条人影沿着一条不起眼的小路向我们施施然而来。走近了,才知那也是我们的同伴。其中一人抬手一指:"里面有几间老房子。"

我们立即动身,沿着那条岔道向着那游人罕至处奔去。没想到步行不过数百步,一幢老房子就赫然立在一片浓密的树荫里。

仅从外观上就可以做出判断,那是一幢两进式建筑,一前一后两个院落。外墙的墙皮早已被风雨和岁月剥蚀殆尽,砖石清晰可辨。后进院落的墙上密密麻麻的一片翠绿,好一路爬山虎。再定睛一瞅,就连那牛轭似的屋脊上,灰突突的断瓦间,竟也生了些许缭乱而稀疏的野草。

房子右侧的空地上,摆放了上百块刻有浮雕的石头。其数量之多,足以让人瞠目;其分量之重,足以让人敬畏——大者足以用吨论,即便最小者,也有百十斤重。其形状各异,但以方形居多；图案各异，又以动物居多。一眼望过去，哗啦啦一大片，叫人无端地想起秦始皇陵兵马俑来，心底不由得一沉。白色的石头，也确实与森森白骨一般无二。

那是大地的骨头。石上的浮雕构图严谨，雕刻精美，用刀古朴，无论是人物、动物，还是草木花卉，无不栩栩如生。我们从中可以窥见雕刻者的精湛刀工与一丝不苟的态度——他们对艺术的那份敬畏，自然也暴露无遗。

挨个看过去，心底更加沉甸甸的——我到底在这些浮雕中感受到了一种打动人心的力量，一种不可撼动的分量，一种别样的肃穆与庄重，同时疑窦丛生：它们与这幢房子有什么关系？与这三山岛有什么关系？它们都是什么年代的产物？它们的故乡在哪里？它们又是什么时候被放置到这里的呢？

遗憾的是，我对石雕这门艺术浑然无知，因此也就不能回答其中的任何一个问题。我只能抚摸着它们，猜测着它们的身世。它们的身世，大约都是相当显赫的——在它们身上，我瞧见了某种贵族气质。它们不是来自香火鼎盛的十方庙宇，就是来自贵胄之家。我暗自想道。

让我惊奇的是，这些被风吹雨淋的石头并不是冰冷的——我在它们身上抚摸到了一个异样的温度。这个温度，是恒定的。它像电流一样，通过手指，涌入我的体内。当我感知到异样时，不由得震颤了一下，迅速缩回了手。

石头怎么会有体温呢？

机缘就是这么奇怪。几天之后，我在一个培训活动中旁听了一节某教授讲授中国文字演变的课。在这堂课上，我始知石碑也是书卷之一种,且中国人最喜将文章刻于石上,假石头之坚固而让文章流传百世。我恍然大悟,三山岛上森森如白骨的石头,何尝不是文化的骨头?

由此推之,那个恒定的温度,无疑就是文化的温度了。我也因此更加确定一个事实:虽说万物有灵,但唯有文化,可以让一块顽石变得更有内涵。

这块空地,因了这些石头的存在,已不啻一个石雕艺术博物馆,一个传经布道的道场。

下得两三步台阶,再拾级而上,这幢在墙角挂有"桥头"二字的老房子就一览无余了:果然是一幢两进式建筑,第一进为三开间轿厅,第二进为大厅。前后两个院落。

虽久无人居住,不事修葺,以致门窗洞敞,梁上遍蒙尘埃,更有一架野生藤萝从屋顶垂落下来,充当了一席天然门帘,但我们依然可以从房间开阔的格局、考究的雕砖门楼以及刻于梁柱之上的雕花上,得知这是一处清代宅院。昔日住在这里的,也该是一户钟鸣鼎食之家。

昔日的主人去了哪里?虽然有一大块金子般掷地有声的阳光落在第二进院落碎裂的青石板上,但周遭一片静寂,似乎可以听见藤蔓爬行的声音,可以听见草木呼吸的声音,可以听见墙皮剥落柱头开裂的声音。也就是在这里,当我转身回顾的时候,我感觉自己穿越了时空。

这是一个孤独的所在,仿佛全世界的孤独都集中在了这里。孤独在这里甚至是有形状的,就像那些不知从哪儿运过来的石头。

那个建在库门之上的形态庄重而气势不凡的硬山式砖雕门楼，兀自立在我的眼前。不知为什么，我认定了它就是留下来看家护院的那个人。门楼上是镶着一块石刻的四字匾额的，由于没戴眼镜，外加藤萝的遮挡，看了半晌，也不曾将那几个字认出。至于匾上的题额与印章，就更无从说起了。

第二进大厅的六扇门前左右各立一只跪卧的石羊，一只被阳光抚浴，一只落在阴影里。它们神态安详，寓意吉祥。庭院里还凌乱放着七八块刻有精美图案的石头，有柱形的，也有方形的，有完整的，也有残缺的。在其中一块刻有一对仙鹤图案的方形石块上，"奕叶香烟"四个字清晰可辨，却不知其意。

我无法知道，它们原本就属于这个院落，还是跟一墙之隔的那些石头一样，有着更多不为人知的故事。

在踏入第二进大厅之时，我因一时迟疑而将刚刚迈出去的脚步收了回来——我恍惚进入了一座寺院的大殿。空旷的大厅中央，供奉着一尊脸色黧黑的弥勒佛。佛像前，从左至右，分列摆放着石雕的香炉、香钵以及雕花的石刻和残碑。满满的一屋子，却又次序井然。

这个庄严的场面，确实把我深深地震撼了。香炉与香钵，石刻与断碑，都像是正在禅修的僧人。

我默默穿梭于这些"僧人"中间，闻见了香火的气息，闻见了风翻经卷的声音，闻见了石中花开的声音。

从未体会到的一种清静，像并不存在的香烟，把我包裹了。

此种清静，与太湖一般无二，没有边际。

我不知道同伴们是何时离开的。待及我意识到该起身告辞时，这破败而又明亮的宅院里，只剩下了我孤身一人。但我并未感到孤独。

我知道有人来过，或者说一直有人来，抑或曾经有人来过。好几个石钵里堆积成山的硬币与零钞，便是最好的明证。

跨出门槛时，阳光扑面而来，我感到一阵晕眩，继而是一阵轻松。满身的浮躁与暴戾之气，已在不知不觉间被那些从石头上所散发出来的光芒给镇住了。

出门没几步，见到一块石碑，上刻：三山岛遗址、哺乳动物化石地点。石碑背面刻有这样一句话：

　　该遗址的发现把太湖流域人类的历史推前到了一万多年前的旧石器时代，填补了我国旧石器时代文化遗址和更新世哺乳动物群分布上的空白。

我终于明白那些石头的意义了。